# SCOTTEN
## Den vita lögnen
En deckare av Mats Gustafsson

© 2018 – Mats Gustafsson
Förlag: Books on Demand, Stockholm (Sverige)
Tryck: Books on Demand, Norderstedt (Tyskland)
ISBN: 9789176998946

# Innehållsförteckning

Förord

Tack till Er som gjort den här boken möjlig.
Susanne Gustafsson, Ellinor och Kevin Ek som bidragit med goda råd och coaching samt Sandra och Magnus Junhammar som hjälpt till med upplägg och framtagning till tryck på förlag, vilket resulterat i att boken blev av.

Deckaren du håller i din hand är skriven av mig, Mats Gustafsson.
Namn och karaktärer som finns med i boken är produkter av min fantasi och används i ett påhittat sammanhang. Varje eventuell likhet med verkliga personer, levande eller döda, är en ren tillfällighet.

Boken "SCOTTEN  DEN VITA LÖGNEN" är den andra boken i trilogin om Oskar Scott. Den är en fortsättning på "SCOTTEN  AKTERSEGLAD". Den här andra trilogin bygger tidsmässigt vidare på handlingen som utspelade sig i den första. Den bestod av "SCOTT  20SEXTON", "SCOTT PÅ HOTEL BOHEMIA" samt "SCOTT  EFTERDYNINGEN".
Att läsa dem fristående går också bra.
Utöver ovanstående böcker har jag som författare även tidigare skrivit boken "GLAPP I RATTHÅLLAREN!".

Jag hoppas att du finner god behållning av boken!

# Kapitel 1

Oskar tyckte att det gjorde lite ont i högerhanden när Lisa på grund av rädsla krampaktigt klamrade sig fast i honom vid den hårda landningen. Hela flygresan från Mallorca hade varit skakig beroende på rejäl vind som gjort de cirka fyra timmarna till en ganska obehaglig upplevelse.

Han förstod att påfrestningen på däcken var enorm, och trots att han bara för några veckor sedan hört hur ofta man bytte dem, så var det inget han för tillfället var riktigt säker på att han kom ihåg.

När flygplanet fått ner farten och rullade bort till terminalen, släppte äntligen Lisa greppet men verkade fortfarande så vettskrämd att hon inte var fullt kontaktbar.

Oskar tittade ner på sin hand och förstod mycket väl varför den hade skickat signaler om smärta till hjärnan. Dels var den alldeles vit för att blodflödet stoppats och dessutom syntes tydliga märken av Lisas naglar som trängt in så långt att det till och med börjat blöda på ett ställe.

-Tusan, det var den värsta flygningen jag varit med om, sade Lisa samtidigt som symbolen som visade att man måste ha bältet på sig, släcktes över dem.

-Ja, den var inget vidare, svarade Oskar under tiden som han gömde sin lätt sargade hand i en tröja han tagit av sig när de stigit ombord. Att belägga Lisa med skuldkänslor för att hon omedvetet gjort honom illa kändes inte som att det var läge för. Inte heller att skämta bort hennes känslor för att flygningen kunde slutat med att de störtat, tänkte han göra. Så illa var det nog egentligen inte, för hos piloten som informerat dem om det mesta under resans gång, fanns det ingen tillstymmelse till oro i rösten.

Oskar befarade dock att Lisa skulle vara rädd för att flyga fler gånger även om det statisitiskt sett ansågs som ett av de säkraste sätten att resa.

Hans syster Ebba och hennes pojkvän Ludvig verkade totalt oberörda, tyckte han när han såg dem plocka ned sitt handbagage från förvaringsskåpen vid taket några rader fram. Syrran såg mest ut att vara nyvaken och det var nog en jäkla tur att hon inte såg sig i spegeln, för hennes hår hade antagit en helt ny form. Visste man inte bättre kunde man mycket väl anta att en fet limpa var inbäddad i kalufsen på bakhuvudet för att håret förmodligen legat i kläm, tänkte Oskar.

Han kunde inte annat än le åt vad han trodde skulle komma så småningom, nämligen att Ludvig skulle få sig en jäkla omgång för att han inte sagt till henne om håret.

-Tar du ner våra väskor för jag är lite illamående och yr, undrade Lisa när det blev dags för dem att resa sig upp och i snigelfart ta sig ut från flygplanet.

-Visst, svarade Oskar medan han tänkte på hur otroligt lång tid en utrymning skulle ta vid en olycka. Fick de flesta panik och dessutom med stor sannolikhet försökte få med sig sina tillhörigheter, kunde resultatet bara bli katastrofalt.

När de precis lämnade flygplanet, kom en rejäl vindby som kändes väl i den otäta gummibälgen som anslutits. Oskar började genast frysa och ångrade att han inte

3

tagit på sig sin tröja tidigare. Nu fick han vänta med det tills de kom till bagagebandet, tänkte han medan kön gjorde en markant fartökning. Ett par bakom dem tyckte ändå att hastigheten var för låg och stötte flera gånger i deras små hjulförsedda väskor.

Just som Oskar skulle be dem lugna ner sig lite, vek de av till ett rökrum i glas.

-Jag går och fixar betalningen för parkeringen, sade Ludvig när de kom till ankomsthallen.

-Och jag måste gå på toaletten. Kan ni ta våra väskor på bandet när de kommer? undrade Ebba.

-Jag behöver också gå, svarade Lisa som fortfarande var lite vit i ansiktet efter den skräckfyllda flygningen.

-Då tar jag hand om bagaget själv när det kommer, sade Oskar medan han plockade fram sin mobiltelefon och tog bort flygplansläget på den.

Plötsligt påmindes han om det hotfulla textmeddelandet han fått precis innan de rest iväg. Det var dock inte så att han tänkt på det hela tiden de var utomlands. Men i stort sett så fort han tog fram sin mobiltelefon, så knöt det sig i övre delen av magen på grund av oro.

Just när de satt sig för att flyga till Mallorca, hade sms:et kommit. Det hade stått ;"Vittnar du mot oss Scotten så...". Upprinnelsen till hotet, var utan tvekan händelsen som utspelat sig tidigt samma morgon.

För att hinna med flyget på eftermiddagen, hade han föreslagit sin chef på Allsvets AB att han kunde tidigarelägga sin arbetstid den aktuella fredagen, vilket hade godtagits.

När Oskar rullat in med sin cykel på bakgården till företaget, hade han blivit vittne till en knarkaffär.

Tyvärr hade han mött blicken på en av dem som han dessutom dessvärre kände igen. Till allt elände talade han om namnet på personen när polisen kom till platsen en liten stund senare. Därmed kändes det svårt att ta tillbaka den uppgiften, trots att han trodde att det var möjligt.

Till sin flickvän Lisa hade han ännu inte nämnt något om just den biten, han hade bara sagt att männen han sett försvunnit innan polisen kommit till platsen.

-Jag kan sticka och hämta bilen på parkeringen så slipper vi gå allihop, föreslog Ludvig när han kom tillbaka.

Lisa som gått några steg bakom Ludvig och hört hans förslag, ville hellre att de skulle gå allesammans. Dels hade de suttit still så länge på flygplanet och dessutom kände hon att det var läge att få komma utomhus ett tag.

-Då är det väl bäst att vi går allihop, du ser faktiskt lite blek ut än, sade Oskar.

-Fastnade Ebba på muggen, eller vart tog hon vägen? undrade Ludvig och tittade frågande på Lisa.

-Hon skulle försöka fixa till sitt hår för det blev lite annorlunda när hon sov på planet, förklarade Lisa.

-Nu kommer väskorna! utbrast Ludvig när han fick se dem.

-Och där kommer syrran. Ha! du är ju precis blöt i huvudet, har du badat? frågade Oskar.

-Jag var ju tvungen att få ner jättebullen på skallen. Varför sade du inget till mig? undrade Ebba medan hon blängde kyligt på Ludvig.

-Skall vi gå då? frågade Ludvig när han lyft ner väskorna från bagagebandet och dragit ut teleskophandtagen på dem. Ebbas fråga hade han inget bra svar på, så han fann det bäst i att inte säga varför han inte nämnt att frisyren sett lite annorlunda ut.

Ju mer han tänkte på det, så kom han fram till att han inte ens reflekterat över det, men det vågade han inte heller säga.

Trots att parkeringen kostat etthundrasjuttio kronor per dygn, så var det nästan en kilometer att gå. En kvart senare var de i alla fall framme vid bilen och när de lastat in väskorna, satte de sig i för att åka hem. Ludvig tyckte att det bästa med bilen som han köpt i somras, var att det gick att få riktigt varmt i den på kort tid. Den förra han ägt hade inte värmen fungerat på, och då hade han frusit nästan jämt när han körde någonstans.

Rattvärme var egentligen det enda han saknade i den här, men man kan ju inte få allt här i världen, tänkte han medan de lämnade flygplatsområdet.

-Vi måste stanna och äta innan vi passerar Stockholm för jag är helt utsvulten, sade Oskar bestämt.

-Ja, så får det bli, svarade Ludvig innan Lisa eller Ebba hann svara.

Egentligen var inte Lisa speciellt hungrig, men hon tänkte att det var bäst om Ludvig som körde fick som han önskade, för att orka köra hem till Nyköping.

Eftersom han inte ville ha några pengar för bensinen, så erbjöd hon sig att betala för maten när de kom fram till någon restaurang utmed vägen.

Ebba sade inget. Hon tänkte fortfarande på hur många som sett henne med den fluffiga frisyren.

- - - - -

I lunchrummet på polisstationen hade Leila precis ställt in sin matlåda i mikrovågsugnen då hon plötsligt kom på vad hon kunde göra under tiden som maten blev varm. Vant plockade hon fram sin mobiltelefon för att skicka iväg ett meddelande till sin lillebror Ludvig. Hon visste att det var idag som de skulle komma hem efter en vecka på Mallis, men var lite osäker på tiden.

"Hoppas ni haft det bra! Om det passar får gärna du och Ebba komma hem till mig och ta en fika ikväll. Skulle vara kul att höra hur ni haft det! Kramar från syrran!", skrev hon.

Innan Leila lade tillbaka sin mobiltelefon i en innerficka kontrollerade hon att ljudet var avstängt men att den vibrerade om någon sökte henne.

Alldeles lagom när det var gjort, plingade det till att maten var varm. Leila kände sig lite extra glad över att hon var själv i lunchrummet, vilket hörde till ovanligheterna. Inte för att hon på något sätt var folkskygg, men just när hon skulle käka sin till bredden fyllda matlåda, så ville hon vara själv. Leila tyckte om mat och åt lätt glupskt en halv gång mer än de flesta hon kände. Det var något hon absolut hade för avsikt att fortsätta med så länge som hon inte gick upp i vikt.

När hon tagit den första munsbiten av sin egentillverkade lasagne, störtade tio kollegor in i lunchrummet för att äta. Tydligen var det ett gäng som varit på en kurs i Stockholm några dagar och nu var på väg hem till Skåne. Att de var därifrån var inget de behövde berätta för det hördes väldigt väl ändå, tyckte Leila. Hon såg att de flesta hajade till när de såg hennes väl tilltagna portion, men lyckligtvis var det ingen som sade något.

En stund senare när hon ätit upp och diskat, gick hon ut på bakgården för att få lite frisk luft. Visserligen förmodade hon att det skulle bli mycket av den varan under eftermiddagen, för det var fotpatrullering i centrum på arbetsschemat. Men hon ville vara säker på om hon klarade sig utan en extra tröja eller inte, när de gick sedan. Helt lätt var det aldrig att veta, för ibland blev de stående med någon som hade en massa frågor så hon frös, men det kunde lika gärna bli att de fick springa och jaga någon som försökte fly.

Med fem minuter kvar av sin lunchrast, gick hon in och möttes då av sin chef Jesper som hon skulle patrullera med. Han hade för vana att försöka äta lunch hemma om de inte var på något uppdrag.

-Det är fullt med folk i centrum för att det är öppet extra länge i affärerna idag, såg jag när jag cyklade hit, sade Jesper.

-Det låter trevligt, då kan det ju passa bra att vi är ute och visar oss, svarade Leila samtidigt som hon fortfarande velade om hon skulle ta på sig en tröja under jackan.

Leila anade att det var Ludvig som svarade på sms:et, för hon kände att det vibrerade i innerfickan. Typiskt, det kan jag inte läsa eller svara på nu, tänkte Leila under tiden hon höll upp dörren åt Jesper när de var på väg ut.

-Med lite tur kanske vi får syn på den där busen som Scotten kände igen från knarkaffären. Han är efterlyst och anhållen i sin frånvaro, sade Jesper.

-Ja, kanske det. Jag är inte säker på att jag skulle känna igen honom. Visst har jag sett bilden, men det händer ju att folk ändrar sitt utseende ganska radikalt efter ett brott.

-Jag skulle säkert känna igen aset även om han lagt sig till med polisonger och skaffat lösögonfransar! För mig räcker det att möta deras ömkliga blick för att se om de är skyldiga till något, svarade Jesper självsäkert.

-Vad bra! Vet du vilka han brukar umgås med? jag menar, det kanske är läge att höra om de vet var han håller hus någonstans. Det är väl till och med möjligt att någon av hans vänner hjälper honom att hålla sig gömd, undrade Leila eftertänksamt.

-Hans plastpappa kommer du väl ihåg, Sven Roos, som var på stöldturnè i somras? frågade Jesper.

-Jaha, då är det kanske inte så konstigt att det gått snett för honom här i livet, sade Leila.

-Tja, det kan kanske vara en orsak till att han hamnat på brottens bana, det vet vi ju att det stämmer rent statistiskt. Egentligen är jag dock fruktansvärt trött på när någon skyller sina dumma handlingar på att de haft en traumatisk uppväxt. De borde väl för tusan inse vad som är rätt och fel. Eller åtminstone behandla sina medmänniskor som de själva vill bli bemötta. Att många politiker dessutom tycker de ska strykas medhårs, bara för inte stöta sig med packet är ju hyckleri! fortsatte Jesper.

-De kanske inte fått något upplyftande med sig från uppväxttiden, och så gör de allt för att få uppmärksamhet och kritik. Även om den är negativ så blir det ju någon slags bekräftelse på att de kan prestera något, även om det är fel det de gör.

-Ja, jag vet att det ligger en del i vad du säger, men

förklara det för åldringarna som råkade ut för väskryckning förra veckan. En son till dem kontaktade mig efteråt och undrade vad som hade hänt i samhället och vad polisen hade för befogenheter att styra det rätt igen. Jag har sett för många gånger att klemande av brottslingar inte hjälper nämnvärt, så jag hatar mig själv när jag inte vågar säga rent ut till dem som frågar vad jag personligen tycker. Om jag gjorde det, skulle jag förmodligen få en anmälan på mig direkt och förutom en massa hot och uppsägning, hade jag med all säkerhet ett fett skadestånd att betala av för lång tid framöver.

Leila kände att det inte var lönt att diskutera saken mer med Jesper. Detta berodde inte enbart på att det han sagt var helt emot polisens officiella ståndpunkt, utan också på att hon inte hade några riktigt bra motargument. Det han sade var ju sant, det hade hon själv mer än en gång kunnat konstatera.

På nätet hade Leila också iakttagit att tonen hårdnat bland många som blivit utsatta för brott. Förmodligen var det inte så långt borta att någon tog lagen i egna händer och hämnades. Inläggen som uppmanade till detta blev dock fränt besvarade och tiden som varit då man fritt fick tala om sin åsikt, var för länge sedan förbi.

Leila suckade åt sina slutsatser och beslöt sig för att skjuta tankarna åt sidan så länge.

-Tusan att jag inte tog på mig en extra tröja. Det är bland det värsta jag vet, att behöva gå och frysa, sade Leila.

-Jag skulle vilja säga så här istället, var glad för att du inte tog på dig någon. Det gjorde nämligen jag och nu är jag så varm att det rinner på ryggen, svarade Jesper.

-Okej, men det kan väl passa rätt bra då. Blir du stående

och minglar med ett knippe gamla tanter så kan ju jag springa runt och jaga busar, svarade Leila och skrattade.

-Jag är inte alls road av att stå och prata väder med gamla kärringar! Förresten, vi går över på andra sidan gatan och frågar föraren varför han står halvvägs uppe på trottoaren och har motorn igång, sade Jesper.

-Jag kan gå över och fråga vad han sysslar med, så kan du höra med stationen om det finns någon bilburen patrull i närheten, ifall han försöker smita, sade Leila.

Precis när hon började gena över gatan kom hon på att hon just beordrat sin chef, men tänkte att det fick hon be om ursäkt för senare.

-Hehe, du blir nog en bra chef någon gång i framtiden, ropade Jesper till Leila samtidigt som han anropade polisstationen på sin radio.

När Leila bara hade några meter kvar till den felparkerade bilen, så drog den iväg med en rivstart. På väg fram till den hade hon memorerat registreringsnumret som hon nu utan vidare kom ihåg och kunde skriva ner.

Leila tackade sig själv för att hon inte gått så att hon riskerat att bli påkörd, utan rakt från sidan istället.

-Bilen är anmäld som stulen för ett par timmar sedan och är nu efterlyst. Tyvärr har vi inga fordon i närheten som kan ta upp förföljandet, sade Jesper.

-Typiskt med, svarade Leila som inte frös längre på grund av att blodcirkulationen nu gick för högtryck tack vare anspänningen.

- - - - -

Kapitel 2

Oskar som var van att äta rejält på bestämda tider,
tittade otåligt på klockan i mobiltelefonen och såg att
den redan var över två på eftermiddagen. På Allsvets AB
åt de sina medhavda lunchlådor redan vid tolv, så det
var egentligen inte så konstigt att han var hungrig. Det
som gjorde honom ännu mer irriterad var att det gått
nästan en halvtimme sedan de beställde varsin pizza på
vägkrogen.

Under tiden de satt och väntade hade de försett sig med
sallad, bröd och dricka för att fördriva tiden och få i sig
något så länge.

Ludvig hade dessutom efter att ha frågat Ebba, tackat ja
till Leilas inbjudan. Något svar tillbaka hade han dock
ännu inte fått, men han förmodade att det berodde på att
hon jobbade och därför inte kunde svara.

-Äntligen kommer de med pizzorna! utbrast Lisa som
hade valt en sittplats så att hon såg när servitrisen bar ut
tallrikarna.

-Det ska bli gott, det känns som om det är evigheter
sedan vi åt senast, sade Oskar innan han stoppade in
en gigantisk pizzaslice i munnen.

-Vi ser att du är utsvulten för du äter ju som en häst!
sade Ebba som skämdes lite för sin tvillingbrors
bordsskick.

-Vilken härlig vecka vi har haft tillsammans på Mallis!
Det får vi göra om någon gång! sade Ebba och möttes
genast av nickande medhåll från de andra vid bordet.

-Förhoppningsvis slipper vi så kraftig turbulens nästa

gång vi flyger om man får önska något, svarade Lisa som just tuggat ur munnen.

-Ja men det gör vi nog. Jag har flugit många gånger tidigare och har aldrig varit med om något liknande, så det var säkert en engångsföreteelse, sade Ludvig.

-Lisa, ska du verkligen inte äta upp hela din pizza? I så fall gör jag det, sade Oskar.

-Du får gärna ta resten för jag är stoppmätt, svarade Lisa och sköt över sin tallrik till honom.

En stund senare satte de sig i bilen igen för att fortsätta hem till Nyköping. Någon sol hade inte varit synlig sedan de landade. Genom vindrutan syntes istället en blandning av hög luftfuktighet och duggregn. Så länge de befann sig i bilen spelade det dock inte så stor roll, och det dröjde inte länge förrän Ebba och Lisa somnade i baksätet. Mycket tack vare att Ludvig tyckte om värme och därmed hade ställt in klimatanläggningen på tjugofyra grader.

- - - - -

-Ska vi rusa tillbaka till polisstationen och hämta en bil för att försökat hitta personen som flydde? undrade Leila.

-Först tänkte jag det med, men sedan kom jag på att det istället kan vara läge att inte göra det, svarade Jesper.

-Hur tänker du då? undrade Leila.

-Det är ju tänkbart att det var en väntande flyktbil som vi skrämde iväg. En sådan här dag när det är mycket människor i centrum, finns det säkert en del som vill råna en butik eller liknande och sedan försvinna i folkmängden.

13

-Ja, det kan du ju ha fullständigt rätt i. Tycker du vi ska vänta här då där bilen stod parkerad, eller är det bättre att vi drar oss in mot centrum? frågade Leila.

-Jag tror inte att det är någon idè att stå kvar här, för är det som jag tror, så har föraren redan meddelat förövarna att de ska bege sig till något annat ställe för att bli upplockade, fortsatte Jesper innan han tryckte in knappen på sin komradio, för att svara på ett anrop som kom precis.

-Ja, vi skyndar oss dit. Vi är där inom två minuter, hörde Leila Jesper säga.

-Tusan, det har skett ett rån mot en uttagsautomat på gågatan så vi får skynda oss dit! Jag tyckte att jag hörde en dov smäll samtidigt som bilföraren flydde, sade Jesper och började springa.

-Är de beväpnade och har vi något signalement på gärningsmännen? frågade Leila.

-Jag fick inga uppgifter om det, men i och med att de utfört en sprängning, så får vi räkna med att de har skjutvapen också. Hur de ser ut vet jag inte, fortsatte Jesper som redan började bli andfådd.

-Ska vi dela på oss tror du, för att öka chanserna att gripa dem? undrade Leila som kände att hon hade kapacitet att springa betydligt snabbare än sin kollega.

-Tänkvärt men vad jag förstod på anropet så var det minst två gärningsmän vid sprängningen. Jag anser därmed att vi behöver vara två för att inte någon av oss skall bli övermannad och skadad, svarade Jesper medan han kände att han blivit alldeles genomsvett.

-Förbaskat vad det var mycket folk ute och bara står ivägen, utbrast Leila efter att flera gånger fått väja i sista stund för att inte springa ner någon.

-Ja, rånarna visste exakt när det var som lämpligast att slå till. Det är den uttagsautomaten där framme som sprängts, men jag är rädd för att rånarna redan hunnit sticka, sade Jesper.

-Kanske inte, jag ser den stulna bilen stå och vänta därborta där gågatan tar slut! Nu får du se till att springa fortare så vi kan ta dem, ropade Leila medan hon kom på att det var andra gången på bara en liten stund som hon beordrat sin chef.

Utan att svara började Jesper springa som en besatt. Kom det fram i rapporten senare att gripandet misslyckats för att han hade för dålig kondition, så visste han att det skulle spridas som en löpeld på polisstationen. Hans ilska som byggts upp av att ha blivit beordrad av en underordnad, gav honom nu oanade krafter och Leila var redan minst tio meter efter.

-Häng med nu, din såskopp! vrålade Jesper som innerst inne var förvånad själv av att han kunde springa så snabbt.

-Jäklar, nu ser jag den förmodade flyktbilen dra iväg, utbrast Leila när de hade mindre än femtio meter kvar. Ursäkta att jag beordrade dig igen, jag får väl snart sparken för det, fortsatte hon med ett osäkert leende när hon kom ifatt Jesper som stannat.

-Det är bara trevligt att se att det finns lite jäklar anamma i dig, Leila.

Däremot tror jag du får träna upp din kondis en del så att jag slipper stå och vänta på dig. Jag hade nog hunnit med en fika här innan du kom fram, sade Jesper retfullt.

-Ja, jag får erkänna att din språngmarsch var

imponerande och att jag var helt chanslös. Vad tycker du, ska vi gå tillbaka till rånplatsen och förhöra vittnen? frågade Leila.

-Ja, det gör vi. Förhoppningsvis finns gärningsmännen med på någon övervakningskamera också. Först och främst får vi se efter så att ingen oskyldig blivit skadad vid deras sprängning och flykt, sade Jesper.

En timme senare gick de tillbaka till stationen för att sammanställa vittnesmålen som kommit in. Tillsammans med filmer och kort som tagits av allmänheten hade de fått en ganska bra bild av händelsen. Tyvärr hade gärningsmännen varit maskerade, men ett par väl synliga tatueringar och ringar de bar, kunde säkert vara en pusselbit som sedermera ledde till ett gripande. Även en sådan sak, som att en av gärningsmännen haltade tydligt på filmsekvenserna som tagits, visste de av erfarenhet kunde ha stor betydelse för att fastställa identiteten hos åtminstone en av dem. Och lyckades man känna igen en, så visste man ofta vilka personen umgicks med och därmed gick det ibland att nysta upp vilka medbrottslingar han umgicks med.

-Tror du att det är några lokala förmågor som är skyldiga till det här? undrade Leila medan hon reste sig från stolen för att sträcka lite på sig.

-Det kan det mycket väl vara, men jag har inte sett något som direkt pekar i den riktningen. Vi gör så här nu, att vi slutar jobba för idag som planerat klockan sexton. I morgon bitti har förmodligen ännu fler tips strömmat in som vi kan bearbeta, sade Jesper och reste sig upp också.

-Okej, då ses vi imorgon, sade Leila lättat. Mest för att

hon inte tyckte om att ställa in fikastunden som var planerad till kvällen. Det var visserligen bara hennes bror och hans flickvän som var bjudna, men ändå.

-Visst. Och kom ihåg vad jag sade till dig om din dåliga kondition, fortsatte Jesper med ett brett leende medan han stängde av skärmen på datorn.

- - - - -

Ebba vaknade precis när Ludvig svängt av E 4:an på väg in mot Nyköping. Försiktigt kände hon på sitt hår om det uppstått några nyheter medan hon sov, men kunde inte hitta några.

Varsamt klappade hon Lisa som fortfarande sov, med bakåtlutat huvud och vidöppen mun.

-Vi är snart hemma, har du sovit gott? frågade Ebba medan hon log lite för sig själv.

-Jäklar, jag somnade visst. Känns inte som om jag kommer vakna ordentligt igen den här dagen. Svaret på din fråga blir i alla fall att jag sovit gott, men att jag gärna gjort det ett par timmar till. Det enda är att jag nästan fått huvudvärk för det är så varmt i bilen, plus att nacken värker.

-Du kanske skulle skjutit upp ditt nackstöd lite mer förut, sade Ebba.

-Det har du nog alldeles rätt i. Nåja, får jag bara ta en varm dusch när vi kommer hem så är jag förmodligen tillbaka på banan igen, svarade Lisa hurtigt.

-Samt en rejäl balja kaffe, inflikade Oskar som inte undgått tjejernas samtal.

-Kom ihåg era taxfree-påsar när ni tar resväskorna, sade Ludvig när han stannat utanför Lisas och Oskars lägenhet.

-Det behöver du absolut inte påminna oss om, finns inte en chans att vi glömmer dem! svarade Oskar skrattande och knäppte upp sitt säkerhetsbälte.

-Tack för skjutsen och allt annat, vi kan höras när det är läge, sade Lisa innan hon stängde sin dörr efter sig.

-Visst, det gör vi, svarade Ebba samtidigt som hon tog plats i framsätet där Oskar suttit.

-Kan du skicka ett textmeddelande till Leila och skriva att vi är i Nyköping nu? undrade Ludvig medan han slängde en blick i backspegeln där han såg Oskar och Lisa gå in i sin port.

-Det kan jag göra, ska jag föreslå att vi kan komma om ett par timmar? undrade Ebba.

-Visst, det känns som om det blir lagom. Jag säger som Lisa, det får nog bli en varm dusch när vi packat upp. På något konstigt vis känner man sig inte riktigt ren efter en dag på resande fot, fortsatte Ludvig.

-Jag håller med dig fullständigt. Det kan nog bero på att man anar att en del inte är så noga med handhygienen, och sedan kommer en annan där då och ska ta i alla handtag och räcken, sade Ebba.

-Då gör vi så. Förresten, tycker du att vi ska köpa med en bukett blommor till Leila?

-Det går väl, men tror du inte att hon hellre vill ha en flaska vin? Du köpte ju några flaskor på flygplanet, sade Ebba undrande.

-Det har du rätt i! Jag vet att syrran är svag för rött vin, så det kan vi ta med en flaska, svarade Ludvig.

-Vet du om hennes kille Petter skulle vara hemma ikväll med? frågade Ebba.

-Jag tror det, men jag är inte säker. Möjligt att han precis som Leila har jour och måste sticka iväg snabbt om det händer något speciellt, svarade Ludvig samtidigt som han lade i backen och tog ur nyckeln när han parkerat.

-Konstigt, det är Lisa som ringer redan, ser jag. Då måste de väl glömt något i bilen i alla fall, sade Ebba innan hon tryckte på grön lur.

-Fasen, vi har haft inbrott i lägenheten under tiden som vi var på Mallorca! De har vänt upp och ner på allting! sade Lisa upprivet.

-Vad tråkigt för er. Har ni sett om det saknas grejer eller om något är förstört? undrade Ebba medan hon hjälpte Ludvig att bära in väskorna.

-Jag vet inte säkert. Oskar har ringt polisen och de sade att det var bäst om vi inte gick in och rotade runt själva. Med lite tur kan det finnas spår efter de som varit inne hos oss, fortsatte Lisa med gråten i halsen.

-Vet ni när polisen kommer och tittar hos er? frågade Ebba.

-De sade att de skulle vara här inom en halvtimme, svarade Lisa.

-Behöver ni någon annanstans att bo i natt så har vi ju ett par luftmadrasser i förrådet som vi kan plocka fram om ni vill sova över här. Visserligen ska vi till Ludvigs syrra ikväll, men det blir nog inte så sent, fortsatte Ebba.

-Det vore snällt av er, Oskar sade annars att vi skulle kolla med hans föräldrar för de har ju ett gästrum. Jag kanske kan höra av mig när poliserna varit här, svarade Lisa.

19

-Jag hör att du är ledsen och det är ju fullt förståeligt. Hur tar min bror det egentligen? undrade Ebba.

-Han är helt vansinnig! Det är nog tur att det inte är några gärningsmän kvar i lägenheten, för då kan jag knappt föreställa mig vad han gjort med dem, sade Lisa.

-Jag kan tänka mig det för jag har sett den sidan av honom förr, sade Ebba.

-Jag hoppas att jag kommer över det jag tänker säga nu, men alltså, ärligt talat vet jag inte om jag vill bo i den här lägenheten mer. Det känns så jäkla förnedrande och kränkande att någon jävel har varit inne och rotat i våra saker! Synd att det finns en del typer som inte kan låta andras prylar vara ifred, fortsatte Lisa.

-En studiekompis till mig i Norrköping råkade ut för inbrott före jul och hon sade likadant som du gör nu. Men hon har tänkt om lite vartefter som tiden har gått. Nu säger hon att asen som gjort det inte ska få vinna över henne, utan hon ska minsann visa att hon inte rubbas så lätt. Sedan tror jag att hon hade väldigt svårt att hitta någon annanstans att bo istället och att det var en bidragande orsak.

Jag kom att tänka på, du har ju en katt, var den hemma i er lägenhet, med någon som tittade till den när vi var utomlands? undrade Ebba.

-Nej, Knasen som han heter, bodde hos min mamma under tiden. Först tänkte vi låtit honom vara kvar här med tillsyn, men det blev att morsan fick ta hand om den hemma hos sig till slut. Förmodligen var väl det tur i alla fall, för hade de gjort Knasen illa vet jag inte vad jag tagit mig till.

Nu ser jag att det kommer en polisbil på gatan som nog

ska hit. Jag hör av mig när de är färdiga med undersökningen, sade Lisa och avslutade samtalet.

-Tråkigt, de där snutarna känner jag igen. De har alltid varit spydiga och retsamma så länge jag kan minnas, sade Oskar och suckade.

-Du får väl hålla dig i bakgrunden då och låta mig sköta snacket. Det är ju trots allt jag som står på lägenheten, så det borde ju vara mig de vill prata med, svarade Lisa.

-Ja det kan jag göra, får väl hoppas bara att det hjälper. Ska sanningen fram så var jag väl inte så trevlig mot dem heller alla gånger, sade Oskar eftertänksamt.

-Hej Lisa, ledsamt att ni haft inbrott. Jag heter Nilsson och det här är min kollega Gröön, sade en av poliserna innan de hälsade med var sitt kraftigt handslag.

-Är det fler i Nyköping som råkat ut för det här under den senaste tiden, eller är vi de enda? undrade Lisa.

-Faktum är att det inte rapporterats några bostadsinbrott på över tre veckor i distriktet. Här ser det ju ut som om de gått väldigt hårt åt era möbler och kläder. Gröön får kolla med era grannar om de hört något oväsen härifrån eller kanske gjort några iakttagelser, så kan ni komma in om en stund och berätta om ni saknar något. Jag får tillkalla ett par kriminaltekniker för det här rör sig inte bara om ett vanligt inbrott, fortsatte Nilsson.

-Vad är det som är speciellt? undrade Oskar och såg förvånad ut.

-Det finns ett hot inristat mot någon av er på kylskåpsdörren. Vad jag kan utläsa så antyds det att någon av er inte bör tjalla, sade Nilsson bekymmersamt.

- - - - -

## Kapitel 3

Leila förvånades över sitt otroligt dåliga minne när hon satte nyckeln i låset till sin lägenhetsdörr. När hon för mindre än tio minuter sedan satt sig på cykeln utanför sin arbetsplats, hade hon lovat sig själv att se till att hennes belysning skulle bli lagad innan söndag morgon då hon började tidigt. På något oförklarligt sätt hade hon ändå lyckats glömma sin tygkasse på pakethållaren med matlåda och cykelbelysning.

Förtretad drog hon ur nyckeln och gick med bestämda steg ner för trappan för att hämta det hon inte kommit ihåg.

-Det man inte har i huvudet får man ha i benen! mumlade Leila för sig själv medan hon funderade på om hon hade allt hemma tills brorsan och Ebba skulle dyka upp.

Först hade hon tänkt göra en rulltårta, skära den i bitar och sedan lägga vispad grädde och en halva persika på varje del för att få det lite festligt. Nästan direkt kom hon dock på att hon tagit slut på jordgubbssylten under morgonen till frukostgröten.

Skit samma, det får bli några bullar och sockerkaka från frysen till kaffet. Det sitter väl inte i vad jag bjuder på, tänkte Leila och försökte skaka av sig det som för stunden kändes lite jobbigt.

En kvart senare hade mysoverallen kommit på efter en dusch och hon tyckte att det mesta verkade arta sig till en hygglig kväll i alla fall. Visserligen visste hon att hennes pojkvän Petter skulle komma hem först lite senare, men det gjorde inte så mycket nu när ändå Ludvig och hans tjej snart skulle dyka upp. När Petter som var journalist, sagt att det var en konsert som han inom jobbet var tvungen att närvara vid, befarade Leila att hon kanske också skulle kallas in, fast hon egentligen inte hade någon jour. Sedan när hon fick veta att det inte var någon spelning för ungdomar, utan ett gäng som skulle spela och sjunga Bellman-visor i Folkets hus, pustade hon ut.

Just som hon satt sig i soffan för att koppla av lite, så ringde det i dörrklockan. Leila anade vilka det var, för fler vänner och bekanta hade hon inte.

-Vi tog med rödvin istället för blommor, hoppas det går lika bra! sade Ludvig och tog fram flaskan ur sin innerficka på jackan och räckte över den.

-Ja visst det blir jättebra, tack! Välkomna förresten! Häng av er ytterkläderna så länge så ska jag ta fram fikabrödet ur frysen, för det har jag precis glömt bort, sade Leila och rusade ut i köket.

-Ursäkta mig, men jag tror att jag måste svara på det här samtalet, sade Ebba när hennes telefon plötsligt började ringa. Min bror Oskar och hans flickvän Lisa har haft inbrott när vi varit bortresta, förklarade hon för Leila innan hon tryckte på grön lur.

Leila bara nickade till svar medan hennes polishjärna direkt började arbeta. Utan att veta att Oskar "Scotten" Scott blivit hotad, anade hon att så var fallet. Hon tillsammans med sin chef Jesper hade för bara drygt en vecka sedan kallats till Allsvets AB, där precis en förmodad knarkaffär gjorts upp. Leila visste att man inte ostraffat namngav någon misstänkt, och att inbrottet hos dem förmodligen bara var en liten markering om vad gärningsmännen var kapabla till.

-Oskar och Lisa är visst på väg till hans föräldrars hus för att sova i deras gästrum inatt.

Tydligen hade de som varit inne i deras lägenhet roat sig med att tömma alla deras kylskåpsvaror i deras sängar och möbler, så allt är förstört. Vilka jävla typer det finns! utbrast Ebba förargat.

-Ja verkligen, bara att bli bestulen på saker och att någon inkräktare går in i ens egna bostad är ju mer än nog. När det sedan finns de som saboterar och förstör börjar man ju bli riktigt orolig för vad det finns för idioter som går lösa, sade Ludvig medan han tittade på Leila som för att få någon förklaring till varför det var så här.

-Utan att säga för mycket så är det väl ibland så att man undrar lite, svarade Leila samtidigt som hon hällde upp kaffet.

-Var du med och jagade bankrånarna idag? jag såg nämligen på nätet att en uttagsautomat sprängts, sade Ebba undrande.

-Jo det stämmer, som väl var blev ingen skadad. Men nu måste ni berätta hur ni haft det på Mallorca! sade Leila medan hon höll fram fatet med de rykande heta bullarna som råkat stå inne lite för länge i microvågsugnen.

I samma stund som Ebba skulle börja berätta, hörde de att lägenhetsdörren låstes upp. Det var Petter som redan var färdig med sitt reportage och kom hem.

Trots att Leila några gånger försökte föra deras resa till Mallis på tal, så gled samtalet hela tiden in på inbrottet och rånet i uttagsautomaten, för de andra tyckte att det var mer intressant.

- - - - -

Redan en kvart efter att Oskar ringt till sin pappa Henik så var han på plats med deras bil för att hämta dem.

-Fasen vad tråkigt med inbrottet, tänk om folk kunde skilja på sitt eget och andras grejer. Har ni med er allt ni behöver? frågade Henrik medan han öppnade bagageutrymmet.

-Ja, det viktigaste har vi i våra resväskor. Att få med sig något från lägenheten är i princip otänkbart, förövaren har verkligen gjort allt för att förstöra så mycket som finns där, svarade Oskar medan han gjorde allt för att hålla igen sin ilska.

-Jag ser att ni haft fint väder på er resa i alla fall, ni är ju riktigt solbrända, sade Henrik för att lätta upp stämningen lite.

-Jo det har varit toppen, svarade Lisa med ett ansträngt leende.

-Maria gör scones just nu, så de blir färdiga tills vi kommer hem. Hoppas ni vill ha det, fortsatte Henrik under tiden han började köra iväg.

-Det ska bli jättegott! Trots att vi stannade på vägen för ett par timmar sedan och käkade pizza så är jag redan hungrig, svarade Lisa och sken upp.

-Tror du vi kan låna tvättmaskinen? Vi har nog inte så värst mycket rent att ta på oss, undrade Oskar.

-Inga problem alls och var inte alltför oroliga med att det mesta blivit förstört i er lägenhet. Er hemförsäkring som är tecknad på försäkringsbolaget där jag jobbar, täcker sådana här skador fullt ut, sade Henrik medan han parkerade utanför deras hus.

-Hej morsan, vi köpte med en flaska likör till dig på flyget, sade Oskar och kramade om Maria.

-Tack, det var gulligt av er. Den kan vi smaka på ikväll till kaffet, svarade Maria och log.

-Vad gott det luktar om dina scones. Typiskt att vi skulle behöva komma hit och ställa till med en massa besvär, sade Lisa.

-Det är bara kul att kunna ställa upp, det gör vi så gärna, sade Maria under tiden som vattenkokaren slog ifrån.

-Vill alla ha te eller är det någon som hellre dricker kaffe till sconesen? undrade Henrik.

-Det var länge sedan jag drack te och jag vet att ni brukar ha en del goda smaker att välja på, så jag vet vad jag tar helst, svarade Oskar som började kunna släppa inbrottet något. Visst tyckte han att det var jäkligt tråkigt att det hade hänt, men det var ju trots allt bara materiella skador.

-Jag har lagt fram badlakan i gästrummet om ni vill duscha. Jag hörde att ni behöver tvätta, kommer du ihåg hur maskinen fungerar eller vill du att jag visar? undrade Maria när de ätit färdigt.

-Jag tror att jag minns, men jag tror det räcker om jag tvättar i morgon förmiddag, svarade Oskar.

-Är det något vi måste ordna med försäkringsbolaget redan ikväll eller räcker det imorgon? frågade Lisa.

-Det räcker med att ni anmälde inbrottet när ni upptäckte det. Sedan kan vi komplettera under morgondagen vad som blivit skadat och stulet. Polisens rapport ska också bifogas i och med att de varit inkopplade, svarade Henrik.

-Konstigt att de inte nöjde sig med att stjäla saker av er.

Vad jag förstod så var nästan allt förstört i er lägenhet.
Är det någon ny trend att göra så? frågade Maria.
-Jag vet inte riktigt hur vanligt det är, svarade Oskar. Att
förstörelsen med all sannolikhet hade att göra med att
han namngett en person han iakttagit vid en knarkaffär
ville han inte oroa morsan med. Inte för stunden ialla fall.

- - - - -

Leila hajade till av att hon hörde några som skrattade i
närheten av henne. Med viss ansträngning öppnade hon
sina ögon och fick se sambon, brorsan och hans flickvän
vid soffbordet där hon själv satt, eller rättare sagt
halvlåg.
-Är du trött Leila? frågade Petter och småskrattade.
-Jag måste nog ha slumrat till lite. Vad är klockan
egentligen? frågade Leila.
-Den är snart halvnio. Ludvig och jag ska nog tacka för
oss och gå hem. Ni jobbar väl båda två imorgon, har jag
för mig så ni behöver väl lägga er skapligt, sade Ebba.
-Jo, visst, det gör vi. Leila börjar redan klockan sju
medan jag har sovmorgon fram till lunch, svarade Petter.
-Ni får ursäkta mig för att jag satt och somnade, det var
ju inte speciellt artigt, sade Leila förläget.
-Det gör inget, du såg rätt så rolig ut när du med slutna
ögon kanade allt längre ner i hörnsoffan, svarade Ludvig
retsamt medan han reste sig.
-Bry dig inte om muggarna och faten Ebba, dem kan jag
ta ut till köket sedan, sade Petter.
-Klart att jag fixar det och nu har jag ju redan ett bra tag
om dem. Det är väl det minsta jag kan göra, svarade
Ebba och fortsatte ut mot köket.

-Tack för fikat, nästa gång får ni komma till oss, sade
Ludvig medan han stack fötterna i sina slitna
joggingskor utan att knyta upp dem.
-Det låter trevligt, svarade Petter och Leila samtidigt.
Efter att de sagt hejdå till varandra låste Leila
lägenhetsdörren. En liten stund senare, efter att hon
varit på toaletten, kröp hon ner i deras något för hårda
dubbelsäng och sträckte på sig.
De svala lakanen fick henne att kvickna till lite och hon
tänkte återigen på hur pinsamt det blivit under kvällen då
hon suttit och somnat, trots att de hade gäster.
-Vad har du satt väckarklockan på? undrade Petter när
han straxt efteråt kom och lade sig.
-Halvsex, sov gott älskling, svarade Leila. Det som skett
under kvällen hade hon nu skjutit bort, och tänkte istället
på vad som hänt på jobbet tidigare under dagen.
Hon hoppades att hon skulle få vara med och gripa
rånarna nästa dag. Det var det sista hon tänkte innan
hon somnade.
Redan innan larmet skulle ljuda, vaknade Leila och
stängde av det. Försiktigt smög hon upp för att inte
väcka Petter och tog en varm skön dusch. Stärkt av den
och en hel natts sömn, tassade hon ut till köket för att
fixa frukost. På radions nyheter klockan sex nämnde de
om rånet i uttagsautomaten dagen innan. Det var
fastställt att färgpatronerna utlösts och märkt sedlarna,
men det sades också att de kriminella kretsarna hade
möjlighet att återställa dem med hjälp av någon kemisk
process.
Plötsligt hörde Leila att det skramlade inne ifrån deras
sovrum. När hon gick för att se efter vad det var, såg

hon Petter sittande vid deras skrivbord som de hade där inne i ett hörn.

-Nu har jag lagat din cykelbelysning, finns det lite kaffe till mig med? undrade Petter och gav framlampan till Leila.

-Tack så mycket! Kul att få sällskap vid frukosten, jag ordnar lite kaffe till, svarade Leila glatt.

När hon en stund senare satte sig på sin cykel för att åka till jobbet, tänkte hon på hur härligt det var att hon blivit tillsammans med Petter. Absolut inte bara för att hon kunde få hjälp med saker ting, utan mest för att hon kände att Petter var den man hon ville leva sitt fortsatta liv med.

-Godmorgon chefen! ropade hon till Jesper när hon kom ifatt honom.

-Morrn, men om den är så värst god vet jag inte precis. Du ser mitt vänstra byxben längst ner! Fullsmetat med olja för att det behagade fara in i vid cykelkedjan och fastna! Så typiskt, de här byxorna hade jag på mig för första gången igår och nu är det bara att slänga dem, för jag drog sönder dem när jag slet loss dem, sade Jesper följt av en lång svordomsramsa.

-Ja det ser jag nu. Det verkar som om det fattas en bit av kedjeskyddet, stämmer det? undrade Leila.

-Ja, när du säger det så ser jag det med. Jag har inte en aning om hur det har gått till, det måste jag se till att få utbytt, svarade Jesper och såg bekymrad ut.

-Ja, annars är väl risken stor att fler byxor går sönder och i värsta fall kan du ju cykla omkull om du fastnar ordentligt, sade Leila när de ställde ifrån sig cyklarna vid polisstationen.

-Jag har en del cykeldelar i garaget, får se om jag kan byta kedjeskydd när jag kommer hem efter jobbet. Nu ska det bli spännande att höra om det kommit in några upplysningar från rånet igår, sade Jesper och höll upp dörren åt Leila.

- - - - -

-Oskar, ska du med ut på en morgonpromenad? ropade Henrik utanför gästrummet.

-Nej för tusan, jag har ju nyss somnat, känns det som! Vad är klockan? frågade Oskar yrvaket.

-Hon är snart halvsju och vi är tillbaka om en timme. Ändrar du dig så kom inom två minuter för sedan går jag själv, sade Henrik medan han gick ner till hallen för att ta på sig skorna.

-Vad är på gång, är det en brandövning? frågade Lisa som väckts av konversationen.

-Nej, det är farsgubben som tänkte dra med mig ut på någon jäkla motionsrunda mitt i natten! Nu förstår du varför vi inte ska sova här fler nätter än nödvändigt. Senast imorgon hoppas jag att vi kan flytta in i vår lägenhet igen, för här står jag inte ut.

-Henrik, jag hänger med och går, vänta lite! ropade Lisa som gärna ville ta en rask promenad innan fruklost. Dels kände hon att hon behövde tappa några kilon och sedan visste hon att hela dagen blev så mycket bättre om man tränade innan frukost.

-Okej, jag väntar. Maria har ont i ett knä så hon stannar hemma och har frukosten klar sedan, svarade Henrik.

-Du är fasen inte riktigt klok! Ta med dig pannlampa och

se till att rasta gubben rejält, sade Oskar och drog det sköna duntäcket ända upp till sin panna.

-Du är som en soffpotatis! Se till att få igång en tvättmaskin nu så att vi har rena kläder att ta på oss, sade Lisa och slängde sin kudde mot Oskar.

-Ja okej, jag ska det. Tänkte bara snooza lite först, svarade Oskar.

-Är det inte gjort när vi kommer tillbaka så kan du räkna med att jag häller en hink med kallt vatten på dig, sade Lisa retfullt och drog av honom täcket.

-Det där var inte schysst! Häller du vatten på mig så får du springa sedan, det kan jag lova, svarade Oskar och satte sig upp i sängen.

Morgonen var redan totalt förstörd, så han kände att han lika gärna kunde gå upp och sätta på en maskin tvätt.

-Vi syns snart älskling, sade Lisa medan hon med raska steg rusade ner för trappan till hallen, där Oskars pappa väntade.

- - - - -

# Kapitel 4

-Vi har nyligen fått tips om en utbränd bil en mil norrut, den kanske har samband med rånet igår, sade Jesper när han tittat igenom rapporterna som kommit in sedan de gick av sitt skift under gårdagen.

-Förmodligen kan du ha rätt, det är ju så de brukar göra. Bränna ut sin första flyktbil och sedan fortsätta i nästa, svarade Leila.

-Vi åker direkt och kollar, jag ska bara se till att teknikerna kommer ut dit snarast också, sade Jesper.

-Stod det något annat intressant om rånarna, jag menar, har vi några fler spår att följa? frågade Leila.

-Det sitter ett par datatekniker och jämför deras rörelsemönster och försöker fastställa vem den där tatueringen tillhör. De var väl hyggligt optimistiska att binda åtminstone en gärningsman efter sina första sökningar, stod det när jag ögnade igenom deras material, fortsatte Jesper.

-Okej, då får vi hoppas att det ger något, svarade Leila medan hon tog plats bakom ratten i polisbilen.

-Vi får låta teknikerna göra avtryck från skor och troliga däckmönster från nästa flyktbil här. Det utbrunna vraket är jag förvånad över om de kan hitta något intressant i över huvud taget, sade Jesper när de kom fram.

-Nej det var verkligen inte mycket kvar av den bilen. Någon borde väl förresten ha sett röken tidigare. Rånet skedde ju i går förmiddag, så bilen borde ju stått här sedan åtminstone tvåtiden igår.

-Det har du rätt i. Möjligt att de utlöst branden med

någon fjärrutlösare eller kanske med fördröjning på något sätt. Det ryker ju fortfarande om bilen så det känns inte som om den börjat brinna förrän tidigt i morse.

-Men vilket merjobb, var det bara för att öka på sitt försprång? De kunde ju inte veta om bilen skulle hittas redan i går eftermiddag, sade Leila.

-Visserligen inte, men hade någon sett bilen här då, så hade nog de flesta antagit att det var någon svampplockare eller jägare som parkerat den, svarade Jesper.

-Så kan det givetvis vara. Sedan om bilen börjat brinna tidigt i morse, så är det dels inte så många som är vakna och kan känna brandröken, och skulle någon göra det, så kan ju lukten mycket väl ha en naturlig förklaring. Exempelvis är det ju många som går upp tidigt om de är vakna för att tända en brasa i sitt hus om de har vedeldning, fortsatte Leila.

-Visst, det är nog dessutom bara en tidsfråga innan nästa flyktbil hittas. Med all säkerhet är den också utbränd, sade Jesper och suckade samtidigt som teknikerna anlände.

-Hej på er, i det där utbrända bilvraket finns väl inte många spår att finna, eller vad tror ni? frågade Jesper lite provocerande för att sporra kriminalteknikerna att göra sitt yttersta.

-Nej, kanske inte, men redan härifrån ser jag var deras nästa flyktbil stått parkerad och en mängd fotavtryck till den. Här finns väldigt mycket som kan göra det möjligt att fastställa vilka förövarna är, svarade Lisbeth samtidigt som hon med en pincett plockade upp en fimp.

-Vad bra, vi spärrar av området rejält så länge så att ni får jobba ifred, sade Leila och plockade fram de blåvita banden.

- - - - -

Precis när tvättmaskinen började att centrifugera kom Henrik och Lisa tillbaka. Båda var röda om kinderna och ett par droppar hängde ner från deras nästippar på grund av att morgonen var ganska kylig. Ingen av dem hade dock sagt något om detta till den andre, för det kunde ju vara pinsamt.

-Det var friskt och skönt, utbrast Lisa medan hon knöt upp sina skor.

-Visst, nu känner man sig som en ny människa. Hinner man ta en dusch innan frukost? frågade Henrik.

-Ja det gör ni. Kan vara bra för dig Lisa att veta, att avloppet i duschen vid gästrummet är lite täppt så det kan hända att du får stänga av vattnet ibland, svarade Maria.

-Okej, då vet jag, svarade Lisa.

-Under förmiddagen är det bra om vi kan komplettera skade- och stöldanmälan, sade Henrik när de en halvtimme senare åt frukost.

-Det går fint det, jag har tagit en massa kort på våra grejer som du sagt tidigare, så de ligger i min mobiltelefon, svarade Lisa.

-Jag passar på att köra en maskin tvätt till då, så har vi allt rent, sade Oskar när de ätit färdigt.

-Visst, gör gärna det. Hur gick det med dina arbetskläder, blev de också förstörda vid inbrottet? undrade Maria.

-Dem har jag kvar på jobbet. Lisa, och jag med för den delen, tycker de luktar så hemskt, så jag låter dem alltid hänga kvar i omklädningsrummet på företaget, svarade Oskar.

-Jag får nog ta mig till klädbutiken där jag jobbar och förse mig med det viktigaste redan idag, för hela min garderob var totalförstörd. Ska bara prata med min chef först så hon tycker att det är okej, sade Lisa.

Medan Oskar hängde tvätten funderade han på vad som skulle komma härnäst. I bästa fall kanske det som hänt bara var en varning och som det såg ut så var det ju hittills bara materiella skador som de troligen skulle få ersatta genom sin hemförsäkring. På samma gång visste han att typerna som gjort inbrottet var kapabla att göra betydligt värre saker för att skydda sig själva och sin verksamhet.

Till och från grubblade Oskar på det här ända tills tidigt på måndag morgon. Plötsligt kom han då på att han inte hade någon cykel att ta sig till jobbet med, för den stod kvar vid deras lägenhet.

-Jag måste gå upp nu för att hinna gå till jobbet, sade Oskar till Lisa som också var vaken.

-Ja okej, vi kan höras vid lunch för då tror jag att saneringsfirman fixat vår lägenhet. Vi får hoppas det, så att vi kan flytta hem igen, svarade Lisa.

-Bra, farsan skulle se till att hyresvärden sätter i ett bättre lås nu under dagen med, svarade Oskar och klev upp ur sängen.

När han var färdig för att gå, hade Lisa somnat om och han smög försiktigt ner för trappan för att inte väcka någon i huset. På yttertrappan tog han fram sin mobiltelefon för att se hur lång tid han hade på sig för att ta sig till arbetet.

-Om jag går raskt borde jag hinna, sade han tyst för sig själv och vek upp kragen på sin jacka för att inte frysa så mycket. Enda fördelen med att vädret var så ruggigt, var att det automatiskt blev att han gick ganska fort för att få upp värmen i kroppen. Att han bara några dagar tidigare gått i badbyxor på Mallis kändes overkligt och han var tvungen att tänka efter rejält för att övertyga sig om att det var sant.

För att tjäna lite tid, genade han tvärs över gatorna och beslöt sig också för att inte gå på gång och cykelbanan sista biten utan längs med den stora vägen. På det viset borde han vinna tid och förhoppningsvis hinna fram till klockan sju.

När en lastbil med släp skvätte ner honom förbannade han sig själv, dels för att han inte hade någon reflex på sig, men också för att han gick på höger sida om vägen istället för vänster.

Plötsligt hörde han en bil komma väldigt nära sig, och innan han hann hoppa undan, träffades hans huvud av något hårt som fick honom att slås mot marken vid dikeskanten och svimma av.

En stund senare kom han till sans lite grann och anade sig till att han befann sig liggande på golvet i en skåpbil av något slag.

Den slutsatsen drog han för att golv, tak och väggar bestod av kal plåt. Smärtan i huvudet var olidlig och det enda som för tillfället lindrade, var att något varmt rann över ansiktet.

Att det gjorde så förbannat ont i bakhuvudet samt

insikten om att det var hans egna blod som värmde, fick honom att tuppa av igen.

- - - - -

-Jan har hittat en likadan fjärrutlösare i det utbrända bilvraket som vi fann vid uttagsautomaten igår, sade kriminaltekniker Lisbeth.

-Jaha, då kan vi anta att det verkligen är rånarnas bil. Vet ni något mer? undrade Jesper.

-Ja, under tiden min kollega tittade på vraket, så har jag gjort avgjutningar av tre par olika skor samt däckmönster från bilen de fortsatt med. Spårvidden och hjulbasen tyder på att det är en ganska ny Audi A4 ni skall inrikta sökandet efter, svarade Lisbeth och log.

-Ni är helt otroliga! Kan du inte vara snäll och tala om vad det är för färg på den med, sade Leila och skrattade.

-Jo, tänk att jag kan det. Fordonet med den här däckdimensionen är en specialversion som bara säljs i svart kulör. Däcken är dessutom så nya att de knappast rullat mer än högst femtio mil. Det borde väl avgränsa era sökningar en hel del, fortsatte Lisbeth samtidigt som hon böjde sig ner för att plocka upp en prilla som hon precis fått syn på.

Den här räknar jag med att jag hittar DNA-spår i, jag hör av mig, tillade hon innan hon systematiskt fortsatte att leta.

-Bra, då åker vi tillbaka till polisstationen så länge, sade Jesper och nickade mot Leila.

-Perfekt, för jag är vrålhungrig, svarade hon och sken upp.

37

Väl tillbaka igen, insåg Leila att det egentligen snart var dags för lunch istället för förmiddagsfika. Detta ledde till, att under tiden som maten värmdes i mikrovågsugnen, åt hon upp smörgåsarna med medvurst som hon skulle tagit redan vid nio.

Mätt och belåten gick hon sedan in till Jesper på kontoret och undrade vad som skulle ske härnäst.

-Jag väntar på svar från datakillarna, men det kan du bevaka så passar jag på att sticka hem och få i mig något att äta med. Jag är tillbaka inom en timme, svarade Jesper och reste sig från sin stol.

-Visst, gör så. Vill du låna min cykel så att du inte fastnar med dina byxor vid kedjan igen? undrade Leila.

-Tack, men det behövs inte. Jag har satt svart eltejp långt ner runt byxbenet så nu fastnar jag inte, svarade Jesper och skrattade.

- - - - -

Hur lång tid det hade gått hade Oskar inte en aning om, när han vaknade till av att fordonet han transporterades i krängde kraftigt. Det första han tänkte var, att han blev arg för att han inte fick fortsätta att ligga avsvimmad, för då kände han inte att det gjorde ont. Smärtan var nu inte bara i bakhuvudet, utan även ner mot vänster axel. Snabbt hann han komma på att det förmodligen var en kraftig ytterbackspegel på en skåpbil som med våldsam kraft träffat honom bakifrån och slungat honom i backen. Det som förbryllade honom var, att de borde vara framme vid sjukhuset för länge sedan. Att det varit ett klantarsel som kört på honom trots att han gått långt ut på kanten, tog han för givet. Likaså, att för att lindra sin idiotiska gärning, så ville förmodligen personen som kört på honom nu snabbt som ögat försöka köra till ett sjukhus.

Oskar märkte att hastigheten som skåpbilen höll, vida översteg vad som var möjligt att hålla inom tättbebyggt område. Med lite samlade krafter försökte han öppna ögonen för att se något. Höger öga var det totalkört med och med det andra såg han först bara väldigt suddigt. Instinktivt gjorde han allt för att titta mot något som såg ljusare ut än det som fanns runt omkring. Oskar antog att fordonet han färdades i, endast hade ett par fönsterrutor i bakdörrarna förutom de som fanns där fram. Som han antagit, var det inte några hus eller byggnader de färdades vid utan en massa trädtoppar. Plötsligt slog det honom att det hela kanske hade ett samband med hotet han fått på sin telefon och hemma i lägenheten! Om det var på det viset, var det stor risk för att hans sista timmar var räknade. Han tänkte på Lisa som med all säkerhet var totalt ovetande om vad som inträffat. Bara de inte ger sig på henne med, tänkte Oskar innan han svimmade av igen, samtidigt som blodet i hans ansikte blandades med tårar.

- - - - -


-Har du hört något från datateknikerna än? frågade Jesper när han kom tillbaka.

-Nej, inte ett ljud, svarade Leila samtidigt som hon noterade att hennes chef fortfarande hade eltejp kvar runt sitt byxben.

-Jag ser att du spanar in mina brallor, och det är precis som det ser ut. Det är de trasiga jag har på mig än, för jag har inte hunnit byta kedjeskydd. Med lite otur kan ju byxorna fastna totalt i cykelaset så jag får gå omkring i bara kalsongerna resten av dagen, sade Jesper och log.

-Jag förstår det och det var nog lika bra att du väntade, svarade Leila lite generad av att hon just ertappats med att spana in sin chefs stjälkar.

-Känner jag dig rätt så har du väl inte suttit sysslolös medan jag käkade, eller har jag fel? undrade Jesper och tittade Leila i ögonen.

-En del har jag fått gjort, bland annat så kan jag meddela att Audi A4 av just den modellen som kriminaltekniker Lisbeth nämnde, finns det sammanlagt nitton stycken av. Av dessa är tydligen fyra stycken privatimporterade, tillade Leila medan hon med ett par knapptryck på datorn fick fram fordonen och vilka som stod som ägare till dem.

-Vi får inte glömma att det kan vara ett fordon som tillfälligtvis befinner sig i landet också och kanske då inte finns med bland dem du har där, sade Jesper eftertänksamt.

-Givetvis är det så. Men jag har i vart fall fått fram att sex av fordonsägarna är personer som redan tidigare finns i våra register. Visserligen är även hastighetsöverträdelser och svartbyggen med här, men plockar vi bort dem så är det faktiskt tre som figurerar i grova brott såsom rån, våldtäktsdomar och identitetskapningar, sade Leila och visade namnen på dem det gällde.

-Bra, plocka fram var de är bosatta någonstans, så kanske vi snart kan ringa in gärningsmännen, sade Jesper.

-Det har jag redan gjort och då är det egentligen endast en kvar som bor hyggligt i närheten. Dessutom om det är som jag antar, att de var på väg till sin hemort, nämligen Stockholm, så överensstämmer ju det med deras flyktväg. De övriga är skrivna nere i Malmö, fortsatte Leila.

-Låter intressant, svarade Jesper medan han tittade på sin nummerpresentatör för att kolla vem som just ringde.

-Hej, har ni fått fram något intressant? frågade han.

-Jo, det kan man helt klart påstå. Jag mailar över bild och personuppgifter på den vi antar att tatueringen tillhör. Den som haltar kan vara en nära bekant till honom, ni får över namn och bild på honom med. De övriga två kan mycket väl vara dem som de utfört sådana här brott tillsammans med tidigare, svarade datateknikern som hette Gustav.

-Lysande, bra jobbat av er! Vi kollar mailen nu och är det något vi vill ha kompletterat så hör jag av mig, sade Jesper medan han flyttade sig något åt sidan så att Leila också skulle kunna se skärmen väl.

- - - - -

# Kapitel 5

När Oskar försökte vrida sitt ansikte mot den lilla ljusöppningen, märkte han att det nu var som om den på något oförklarligt sätt hade försvunnit. Först trodde han att han kanske kastats runt i lastutrymmet, men då borde det ju vara ljusare någon annanstans när han försökte se. En tanke som slog honom, var att det nu kommit någonting emellan honom och bakrutorna. Efter några snabba blinkningar med vänsterögat klarnade blicken något och han anade direkt att de sista sekunderna i hans liv var räknade.

Ovanför honom stod en stor och kraftig man med en spruta i högerhanden. Med den andra handen försökte han hålla sig på benen genom att pressa den upp mot taket, på grund av att fordonet krängde häftigt och oberäknerligt ibland.

-Nu din jävel så ska du få en sista tripp till helvetet! sade mannen och tog ner handen från innertaket för att böja sig ner och med all säkerhet spruta in något i Oskar. Vad det var för något som sprutan var fylld med, hade han ingen aning om. Det stod dock helt klart för Oskar att det var en dödlig dos av något slag. Av den stora mängden att döma som han såg att det fanns i sprutan, förstod han att det egentligen inte spelade någon roll vad det var för slags drog.

Oskar hade själv injicerat både det ena och det andra och förstod att om han fick i sig av den där skiten, skulle allt vara slut.

Utan förvarning gungade skåpbilen till och tillfälligtvis

hejdades mannens rörelse på väg ner till Scotten. Det var inte så att han föll omkull eller direkt tappade balansen, utan mer att han blev stående orörlig en liten stund, just för att inte ramla eller tappa sprutan.

Med en absolut sista kraftansträngning beslöt Scotten sig för att så försiktigt och omärkligt som han kunde, böja sitt vänstra knä så långt upp han förmådde.

Hans tanke var, att när personen böjde sig ner mot honom, så skulle han utdela en så hård spark som möjligt. Det gjorde så pass ont längs hela ryggraden när han drog upp benet att han inte kunde hålla tillbaka en grimasering i sitt ansikte, istället för att skrika rakt ut. När han försökte se om mannen över honom iakttagit hans rörelser, så gissade han att så inte var fallet, för han stod fortfarande orörlig med sin blick rakt fram för att försöka behålla kontrollen över sin kropp. Det kändes som om tiden nästan stod stilla och Scotten var tvungen att tänka efter om det som hände verkligen var på riktigt. Instinktivt fyllde han sina lungor för att sedan hålla andan tills rätt tillfälle infann sig.

Snart skulle möjligen en för honom livsavgörande tidpunkt komma, då han med lite tur kunde skicka iväg personen med sin fot så pass att denne oskadliggjordes. Oskar visste grymt väl, att missade han den här chansen så skulle allt vara kört för honom.

- - - - -

Precis när Jesper avslutat samtalet med Gustav på dataavdelningen, ringde det på hans telefon. Med en suck tryckte han på grön lur för att ta emot samtalet samtidigt som han tänkte att det var väl själve fan att man aldrig kunde få arbeta ifred, utan att det alltid var någon som skulle störa.

-Ja hallå, det är Jesper på polisen i Nyköping, sade han med så vänligt tonfall han förmådde för att dölja sina tankar för tillfället.

-Jaha, hej jag heter Sara Karlgren och vill rapportera att jag sett något mystiskt vid granngården, sade damen samtidigt som radion stod på högt i bakgrunden.

-Okej, det måste du berätta för mig vad det är, svarade Jesper samtidigt som han skakade lite på sitt huvud. Inom sig tänkte han att det förmodligen var typ Sara Karlgrens katt som parat sig med grannens kanin och att det var det som varit så mystiskt.

-Det hände redan igår eftermiddag. En bil körde förbi här i ganska hög fart och sedan såg jag med min kikare att den stannade hos Nilssons. Sedan dess har den stått kvar där, för det har jag kollat. Sa jag att jag har en kikare? undrade damen.

-Har ni försökt ringa till Nilsson? det kanske bara är någon som de har fått besök av, frågade Jesper samtidigt som han granskade bilderna som kommit på mailen.

-Jag har ringt till dem flera gånger men det tutar upptaget hela tiden, sade Sara.

-Såg du något mer i din kikare, jag menar om du iakttagit om det var fler i bilen som stannade där? undrade Jesper.

-Helt tydligt såg jag att det var fyra män som klev ut ur bilen och de hade några bagar med sig när de gick mot Nilssons dörr. Sedan såg jag inte mer för deras ingång ligger åt andra hållet, fortsatte hon.

-Okej, jag ser att ni har fast telefon och vet då exakt var ni ringer ifrån, så det kommer ut en polispatrull och ser efter vad som inträffat på granngården. Jag tror att det hela är tämligen harmlöst, men för säkerhets skull så bör du nog hålla dig inomhus och låsa om dig, sade Jesper.

-Jag har alltid låst och dessutom har jag plockat fram min makes Winchestergevär som alltid är laddat, så jag är inte rädd, sade Karlgren.

-Lugn i backarna nu så det inte sker någon olycka! Har ni licens för vapnet förresten? frågade Jesper.

-Nej inte jag, men min gubbe som är på ett boende nuförtiden har det. Han har varit jägare i sjuttio år och han har visat hur man använder det, svarade Karlgren.

-Som sagt, lås om er och lägg undan geväret tills vi kommer råder jag er till. Vi åker direkt, och borde vara hos er om en halvtimme, sade Jesper innan samtalet avslutades.

-Är det bråttom eller hinner vi ta lite fika först? frågade Leila med viss oro i blicken. Det var det värsta med det här jobbet att man när som helst kunde få sina planerade måltider inställda, tyckte hon.

-Du får ta med dig ett par bullar på vägen. Det var en riktig krutkärring som ringde. Jag tror hon skulle kunna ingå i polisens insatsstyrka, för hon går omkring med ett laddat Winchestergevär och är redo att skjuta dem hon inte tycker om, svarade Jesper och skrattade.

-Kan du köra då? jag gör faktiskt som du föreslog och äter några bullar på vägen dit, sade Leila medan hon räckte över bilnyckeln till Jesper.

-Inga problem, jag kan köra. För drygt en månad sedan

var vi på en lite speciell trafikolycka alldeles i närheten av dit vi ska, sade Jesper.

-Jaha, var det den med två mopedister inblandade? undrade Leila.

-Precis, det var ju först en olycka helt utan personskador men med lite buckliga mopeder. Men gubbarna började ju träta och slåss, så det slutade med att båda fick köras till sjukhus för omplåstring, fortsatte Jesper och skrattade.

-Ja, jag minns det. Har du hört hur det har gått sedan? undrade Leila.

-Ja för tusan, båda är utskrivna. Däremot så har båda anmält varandra för misshandel och hur det går med den biten är inte klart ännu, sade Jesper med ett leende samtidigt som han drog på när de kom ut på E 4:an.

-Det var bara cirka två mil dit, eller hur? Då får jag skynda mig lite för att få i mig bullarna, du kanske vill ha en förresten? frågade Leila.

-Nej tack, ät du så du blir stor och stark och orkar hänga med i mitt tempo när vi springer efter förbrytare, sade Jesper med ett brett leende.

-Ja det tänker jag göra, för de här var riktigt goda, bakade med riktigt smör och kanel. Du vet inte vad du går miste om, svarade Leila medan hon tog av papperet på nästa bulle.

- - - - -

Kisande med sitt ena öga såg Oskar att mannen framför honom nu beslutat sig för att det var dags. Han såg att personen långsamt kom närmare honom genom att böja sig ner för att sätta in sprutnålen i hans kropp. Exakt när

Scotten bedömde att rätt tillfälle infunnit sig, skickade han sitt vänsterben snett uppåt för att försöka träffa personen i huvudet. Till Oskars fördel så förstärktes sparken rejält på grund av att mannen just tappat balansen och var på väg att falla mot honom. Den rörelsen hejdades dock brutalt av Scottens grovmönstrade sko, som med våldsam kraft träffade pannan på personen.

Samtidigt som han utdelade sparken, öppnade han ögat så mycket han kunde för att vara beredd på nästa drag. Om han inte lyckats golva mannen med sin kick, var det osäkert om han ändå hade någon möjlighet att klara sig. Till sin stora förtjusning såg han dock att mannens vänstra tinning fick en rejäl smäll när skallen slog i ett vasst hörn nere vid ena hjulhuset på skåpbilen.

Det enda som fick kroppen att röra sig lite, var att fordonets krängningar skakade om den, samtidigt som det blödde ymnigt från skallen.

Scotten såg att personen krampaktigt höll fast i sprutan som nu av någon anledning skickade en fin stråle en bit rakt upp i luften. På något sätt ville Oskar försöka slänga ut mannen ur skåpbilen för att vara helt säker på att han inte skulle vakna till igen och återigen försöka döda honom. Scotten visste inte riktigt hur det skulle gå till, för han kände att hans händer var ihopsatta bakom ryggen, förmodligen med ett kraftigt buntband. Trots en fruktansvärd smärta i huvud, nacke och vänster axel, tvingade Scotten sig själv upp i sittande position. Efter några djupa andetag för att syresätta sitt blod lite extra och därigenom försöka undvika att han svimmade, förflyttade han sig närmare den blödande mannen.

Scotten tog för givet att han var knivbeväpnad och det dröjde inte länge innan han såg att hans tankar var besannade. I mannens bälte satt en lagom stor jaktkniv väntande på att få skära av buntbandet. Problemet insåg dock Scotten var, att inte skära sig själv för mycket på kniven. Sittande på golvet med sin rygg mot mannen med sprutan, lyckades han ta fram kniven. Genom att sätta sig på sina knän och pressa kniven mellan sina skor, kunde han hålla fast den och sedan skära av buntbandet utan att skära sig.

Plöltsligt såg han att den blödande mannen ryckte till, dock utan att återfå medvetandet. Med ett resolut grepp öppnade Scotten ena bakdörren på skåpbilen och hoppades att inte någon indikering för detta tändes hos föraren. Några sekunder senare hade han släpat fram den halvdöda kroppen till dörröppningen. Det sista Scotten lade märke till innan personen handlöst föll i asfalten, var en tatuering på personens arm. Den bestod av två små barnansikten och deras namn, Ella och Sixten.

-Helvete! jag har dödat en tvåbarnsfar!

skrek Oskar förtvivlat till sig själv när han insett vad som skett. Scotten tappade räkningen på hur många varv kroppen snurrade när den slog i vägen och bedömde att hastigheten måste vara runt ett hundra kilometer i timmen som skåpbilen färdades i. Att personen skulle överlevt den behandlingen var helt otänkbart, det visste han. Den svårt sargade kroppen lade sig till slut på rygg och var det sista Oskar kunde se innan vägen svängde. Förtvivlad satte sig Scotten ner på lastrumsgolvet medan tårarna rann längs kinderna. Den här gången var det dock inte för den smärta som han dragits med sedan han blev påkörd, utan något mycket värre. Insikten om att han med all säkerhet hade tagit livet av en människa som på köpet visat sig vara pappa till två barn sprängde alla gränser för vad som gick att uthärda. Vetskapen om att han aldrig på något sätt kunde få gärningen ogjord, skickades tumultartat runt i hans hjärna.

Scotten insåg att det fasansfulla måste få ett slut snart, för han stod inte ut. Förmodligen var han på väg att bli helt tokig, tänkte han och tog sina händer för sitt ansikte. Plötsligt märkte han att skåpbilen bromsade in kraftigt och tätt därpå svängde höger in på en grusväg. Oskar antog att de närmade sig slutdestinationen där det var tänkt att hans kropp skulle dumpas eller grävas ner för att aldrig någonsin återfinnas. Att vara kvar där han befann sig nu var helt otänkbart. Skulle föraren och kanske några till som väntade på plats inse att Scotten dödat en person i deras gäng kunde han vänta sig flera timmar av tortyr eller begravning då han fortfarande var i livet.

Scotten övervägde om det skulle vara lindrigare för honom att hoppa ut ur skåpbilen men visste inte riktigt om han vågade. Visserligen var fordonets hastighet betydligt lägre nu än ute på vägen de färdats tidigare, men det stod ändå helt klart att det skulle göra förbannat ont. Snittfarten bedömde Scotten nu att den var runt femtio kilometer i timmen, och hade han tur att inte bryta några ben i kroppen så var det i vart fall flera stukningar och djupa sår att vänta. I värsta fall kunde han till och med bryta nacken eller skada ryggraden så att han blev ett kolli resten av sitt liv.

Sittande på golvet som till stora delar nu var rödfärgat av blod, tittade Scotten ut genom bakdörren som förblivit öppen på grund av någon slags spärr. Utanför såg han mestadels granskog som flimrade förbi. Det rådde ingen tvekan om att föraren gjorde allt för att köra så fort som vägen och skåpbilen tillät. Om detta berodde på att han hade en tid att passa eller något annat hade Scotten ingen aning om.

Plötsligt bromsade  fordonet in rejält och Oskar visste att han nu måste ta ett snabbt beslut. Antingen stanna kvar i lastutrymmet och försöka övermanna föraren och eventuellt några fler med jaktkniven han skurit av buntbandet med, eller hoppa ut ögonblickligen nu när hastigheten var lite lägre.

Precis efter den hårda inbromsningen krängde skåpbilen rejält åt vänster i en skarp kurva och när Scotten kände att föraren började ge gas igen för att dra sig ur kurvan, tog han ett avgörande beslut.

Med en pläd han hittat i ett hörn svepte han in sin överkropp och huvud för att om möjligt skydda sig lite. Någon sekund senare befann han sig i luften mellan dörröppningen och grusvägen. När han satt inne på anstalten för cirka ett halvår sedan hade han sett en film där en person landade med en fallskärm som vecklat ut sig i senaste laget. Genom att falla åt sidan och rulla ihop sig som en boll hade han klarat sig hyggligt. Om det bara var på film som det fungerade visste inte Scotten, men det verkade ganska trovärdigt att det kunde lindra en del. Den absolut värsta smällen fick hans högra axel ta, när fötterna tagit mark och hans överkropp slungades mot vägen. Om axeln slagits ur led eller brutits visste han inte ännu. Instinktivt kröp han ihop så att han liknade ett klot och rullade otaliga varv innan han till slut hejdades i ett vattenfyllt dike.

Det kalla vattnet i det gyttjefyllda diket kändes otroligt nog skönt och svalkande mot hans vid det här laget svårt sargade kropp. Genom att bara öppna sin vänstra mungipa lite för att få luft, undvek han att få i sig av det smutsiga och illaluktande vattnet.

Scotten insåg att han snarast måste ta sig längre in i skogen ifall skåpbilsföraren upptäckte att han försvunnit och därmed vänt för att söka reda på honom. Det förekom att Oskar fick tvångstankar och att han exempelvis skulle göra något efter ett speciellt antal andetag. Det kunde vara att doppa sig i kallt vatten eller vad som helst egentligen.

-Om tio andetag skall jag förflytta mig härifrån sade Scotten tyst men bestämt för sig själv samtidigt som han försökte känna efter om hans kropp gick att övertala till detta.

- - - - -

Kapitel 6

Jesper fick bromsa in rejält för att hinna svänga in på den tvära avtagsvägen som ledde in till Sara Karlgrens lilla gård. Han hade sett skylten lite sent och tvekat lite om det verkligen kunde vara rätt, innan han på den mossbelagda skylten kunde utläsa "Lilla Hult 2 km".

-Så här ute på landsbygden skulle jag gärna vilja bo! utbrast Leila spontant när hon såg alla löv på träden som just fått sina fina höstfärger.

-Nej fy tusan! Det kommer en vinter efter det här, med svårframkomliga vägar och en massa mörker, svarade Jesper och rös av bara tanken.

-Solen skiner väl inte färre timmar här än i stan, sade Leila medan hon lade ner alla bullpapper i en hög på gummimattan på golvet.

-Förvisso har du väl rätt i det, men där finns ju en massa gatlampor och upplysta hus som gör att man inte märker det på samma sätt, svarade Jesper.

-Men visst, jag kan hålla med om att vägen får ju gärna vara lite bredare och inte så krokig om man ska komma fram här på vintern också, sade Leila eftertänksamt när hon kände att hon nästan blev åksjuk.

-Där framme måste det vara som Sara Karlgren bor, så det är bäst att du hukar dig, sade Jesper allvarligt.

-Varför är det bäst att jag gör det? frågade Leila och såg förvånad ut.

-Kärringen har ju ett laddat Winchestergevär och skjuter nog på allt som rör sig, svarade Jesper och skrattade.

-Du har rätt, jag såg henne bakom köksgardinerna! Hon

är verkligen beväpnad, ser du det? undrade Leila.

-Jag tror det, men jag är inte riktigt säker. Hon har ju så förbannat många pelargoner i vägen, svarade Jesper förtretat.

-Vi kanske skulle ta på oss de skottsäkra västarna, jag menar även om hon inte tänker skjuta oss kan det ju hända att damen av misstag råkar komma åt avtryckaren, sade Leila oroligt.

-Det kan du faktiskt ha en poäng i. Jag parkerar bakom uthuset så tar vi på oss dem innan vi går in. Jag kan till och med ringa henne och säga att vi är här nu om hon av någon anledning inte redan har sett oss, sade Jesper.

-Ska det inte ligga en kikare i handskfacket? frågade Leila medan hon rotade runt bland alla prylar.

-I den här bilen ligger den i Porta Pottin mellan framstolarna, svarade Jesper och lyfte på locket.

-Tänk om biltillverkarna hörde vad du kallar deras fina förvaringsfack för, sade Leila och försökte se allvarlig ut.

-Vad då då? Du får väl ändå hålla med om att likheterna med en Porta Potti är slående! Jag kan tänka mig att den är perfekt att uträtta sina behov i om nöden tränger på, svarade Jesper och skrattade medan han tryckte på uppringningsknappen till fru Karlgren.

-Förbaskat också! Jag undrar om det kan vara på det viset, passa på att fråga Sara om hon vet vad det är för bilmärke som besökarna kom i, sade Leila medan hon ivrigt gjorde allt för att få så bra skärpa i kikaren som möjligt.

-Hon säger att hon är osäker, det enda hon klart kan berätta är att det är en svart bil och att det inte var en herrgårdsvagn, utan en sedan eller kupè modell. Hur så, varför undrar du det? frågade Jesper.

-Jag är inte jätteduktig på att känna igen bilmodeller, men kan inte det där vara en sådan Audi A4 som kriminaltekniker Lisbeth tipsade om? frågade Leila och räckte över kikaren.

-Det kan du ta mig tusan ha rätt i! Vi tar på oss västarna och går in till fru Karlgren, för jag tror att vi kan se bättre ifrån andra våningen på hennes hus, sade Jesper.

-Tycker du att jag ska kalla på förstärkning, eller ska vi vänta lite? undrade Leila när de väntade utanför huset på att Sara skulle låsa upp.

-Vi avvaktar en stund. Först måste vi fastställa att det verkligen är en sådan bil som vi är ute efter. Tyvärr tror jag att det kan bli svårt att se fordonets registreringsskylt ens från andra våningen. Eventuellt måste någon av oss smyga lite närmare för kunna utläsa den, sade Jesper.

-Det kan jag göra om du vill vara kvar hos Sara, sade Leila.

-Nej, du får vara kvar i huset så tar jag mig fram så osynligt det går längs diket mellan åkrarna. De här byxorna ska jag ändå kassera när arbetsdagen är slut, så det gör inget om de blir mer förstörda, svarade Jesper och log.

-Men ska vi inte kolla vad vi kan se från fönstret däruppe först? undrade Leila.

-Jo, jag går upp och tar med mig kikaren, så får du se till att avväpna kärringen under tiden, sade Jesper så tyst att bara Leila kunde höra det.

-Jag har satt på kaffe, och bullar det bakade jag igår. Ni vill väl ha lite fika? frågade fru Karlgren samtidigt som hon lade ifrån sig geväret på en skänk i köket.

-Jo tack, det skulle smaka bra, svarade Leila medan hon kände hur det vattnades i munnen.

-Du får fika åt mig med. Jag måste ta mig lite närmare för att fastställa vilka som befinner sig där, sade Jesper när han kom ner från andra våningen igen.

-Du får ropa på komradion om det är något, sade Leila medan hon drog ut köksstolen för att sätta sig.

-Det var ett ynkligt skjutvapen du har där, sade Sara och tittade nedlåtande på Leila.

-Jaså, tycker du det? jo jag kan väl hålla med om att det är mer eldkraft i ditt gevär, men med det här kan man avlossa betydligt fler skott på kort tid, svarade Leila.

-Det räcker med ett välriktat skott för att det ska ha avsedd verkan, fortsatte fru Karlgren och sträckte fram brödfatet.

-Det ska smaka gott med fika, det syns att du är duktig på att baka, sade Leila för att försöka byta samtalsämne.

-Jo, nog har det väl blivit några bullbak i mitt liv. När min man bodde hemma bakade jag varje vecka för det gick det åt. För drygt ett år sedan fick han en stroke och sedan fick han flytta hemifrån för jag klarade inte av honom, svarade Sara medan hennes ögon fylldes av tårar.

Leila svarade bara med en liten nick. Inom sig förbannade hon sig själv för att hon rört om tantens tankar och fått henne att fundera på sin man som aldrig någonsin skulle bli sitt forna jag. Det hade ju inte varit avsiktligt men hon kände sig som ett riktigt klantarsel ändå.

Plötsligt hördes en eldskur på sju eller åtta skott från grannfastigheten.

-Ner under köksbordet Sara! vrålade Leila samtidigt som hon slet fram sin pistol och försiktigt kikade ut genom köksfönstret.

Med sin vänstra hand öppnade hon sakta fönstret samtidigt som hon siktade åt det håll som hon trodde skotten kommit ifrån. När det var gjort kröp hon längre fram för att få stöd med sina armbågar mot elementet.

Till sin förvåning märkte hon att det var något som var i vägen för hennes vänstra armbåge, så hon backade lite med sitt huvud för att kunna snegla åt sidan och se vad det var.

-Förra veckan sköt jag en fet fasan från det här fönstret. Den ligger i frysen nu, sade fru Karlgren samtidigt som hon siktade ut mot fälten med sitt Winchestergevär utan att flytta sig en millimeter.

-Men Sara, det är absolut säkrast om ni kryper tillbaka och låter mig sköta det här! utbrast Leila med bestämd röst.

-Sällan, det här är mina marker och den som tränger sig på skjuter jag huvudet av! svarade Karlgren.

-Jag hör vad ni säger och förstår att ni inte tänker ändra er. Jag har ju inget kikarsikte på mitt vapen, men kan du se i ditt, vad som försiggår därborta? frågade Leila för att göra det bästa av situationen.

-Det går ut fyra personer till den svarta bilen som kom dit förut. Alla verkar vara beväpnade, men jag knäpper dem en i taget, sade Sara och höll andan.

-Nej, det gör ni inte, skrek Leila och tog tag i Saras arm. Ett skott brann av och träffade husnocken på grannens hus så att flisorna flög. Nu tar jag vapnet från er! fortsatte Leila samtidigt som hon hörde bildörrarna slås igen på den svarta bilen.

-Jaha, då fikar jag väl färdigt då, svarade fru Karlgren.

-Förlåt om jag skrek åt er förut, men tänk om ni skjutit ihjäl någon? sade Leila samtidigt som hon kände hur hårt hennes hjärta slog.

-Jag är så gammal så de sätter nog inte en gammal kärring i fängelse för det. Skulle de göra så hade det ändå inte spelat någon roll, för min man kommer aldrig hem igen och jag dör snart ändå, svarade hon med sorgsen blick.

-Jag måste ut nu och se hur det har gått för min kollega Jesper. Lås dörren efter mig, sade Leila och gick mot hallen.

När hon kom ut på yttertrappan kunde hon inte se Jesper så hon ropade på komradion istället.

-Jag är oskadd men kulorna var nog bara en halvmeter ifrån att träffa mig, svarade Jesper chockad.

-Vad skall jag göra nu tycker du? frågade Leila samtidigt som hon hörde att bilen som varit parkerad vid grannfastigheten närmade sig hastigt.

Något svar kunde hon inte höra för att radion började brusa för fullt. Hon antog att gärningsmännen hade någon form av störsändare som gjorde att hon inte kunde kommunicera med sin chef längre.

Utan att tänka på följderna rusade hon snabbt till deras tjänstebil och lade sig i skjutställning i skydd av den.

Några sekunder senare körde den svarta Audin förbi Karlgrens hus i hög fart samtidigt som det avlossades en ny eldskur. Ett par fönsterrutor träffades och det syntes tydliga kulhål i fasaden.

-Vad väntar du på jänta? se till att ta fast galningarna!

Med mig är det ingen fara, ropade Sara inne från huset.

-Skönt att du är oskadd, svarade Leila medan hon hoppade in i polisbilen. Förmodligen var det förenat med livsfara att följa efter förövarna men på samma gång var det ju hennes jobb. Under tiden hon försökte se genom dammolnet som flyktbilen rivit upp anropade hon polisstationen. Till svar hörde hon återigen bara ett brusande ljud och förstod att det därmed var upp till henne själv om gärningsmännen hejdades.

- - - - -

Som Scotten anat, värkte det olidligt mycket i kroppen när han försökte resa sig upp. Att komma upp i stående ställning var inte att tänka på i nuläget. I bästa fall kunde det vara möjligt senare men så länge fick han nöja sig med att krypa. Även det var förenat med stora svårigheter på grund av att han inte kunde stödja något på vänster hand. Hans förhoppning var att smärtan i axeln skulle ge sig, men för varje meter han tog sig fram blev han alltmer tveksam till det. Den kunde lika gärna vara krossad eller bruten. När han tittade på axeln trodde han inte att den hade hoppat ur led. När han tänkte efter så hade den aldrig gjort det tidigare på honom, de enda gångerna han sett något sådant var på filmer och så såg det definitivt inte ut nu. Framför sig såg han en faslig massa skog och en terräng som var ovanligt fylld av stora stenar, förmodligen från inlandsisens tid. En sak till som slog honom var, att det var ganska kuperat. En vild gissning var att färden i skåpbilen gått söderut från Nyköping och att han därmed befann sig någonstans kring Norrköping. På en skolresa i högstadiet hade han varit på Kolmårdens djurpark och minnena därifrån var något som nu kom upp i hans tankar, för naturen påminde om hur det sett ut där.

Plötsligt hörde han en bil komma på vägen som han nyss lämnat och han lade sig platt på marken för att inte bli upptäckt. Som väl var så passerade den i oförminskad hastighet och Oskar var osäker på om det ens var skåpbilen som vänt eller om det var ett annat fordon som kört förbi. När han sträckte sig upp för att se hur långt från vägen och det gyttjefyllda diket han kommit, blev han djupt besviken. Det kunde högst röra sig om tjugo meter, och till råga på allt hade han lämnat tydliga spår efter sig.

-Skärpning nu Scotten, annars överlever du aldrig det här, sade han tyst till sig själv och bestämde sig för att på nytt försöka ta sig upp till stående ställning.

- - - - -

I sin iver märkte Leila att hon gasat på alldeles för mycket på den dammiga vägen där sikten nu i stort sett var obefintlig. Instinktivt vred hon ratten åt vänster när hon kände att bilen skar ner mot diket på höger sida samtidigt som hon ställde sig på bromsen. Innan hon lyckats stanna helt, kände hon att hon körde över något. Bara en vecka efter att hon tagit körkort, hade hon kört över en fullvuxen grävling och det kändes ungefär likadant nu. När även höger bakhjul rullade över det förmodade djuret beslöt hon sig för att köra lite saktare för att inte ta för stora risker.

Plötsligt när hon slängde en snabb blick i backspegeln,

gick det en obehaglig rysning längs ryggraden orsakat av det hon just såg. Hon var inte alls helt säker, men det som låg på vägen, var betydligt större än en grävling. Tanken av att det kanske var en stor hund som hon nyss kört över, fick Leila att stanna bilen för att gå och se efter om det var så. För säkerhets skull osäkrade hon sitt tjänstevapen för att vara beredd att oskadliggöra den om hon blev attackerad.

Vägdammet ville inte riktigt landa igen, utan for runt i luften och gjorde det svårt att se. Leila kände att hennes ögon var irriterade av de små fina gruskornen och tänkte på vad hennes mamma brukade säga vid sådana här tillfällen. Nämligen, att det var egentligen den enda fördelen med att bära glasögon, just att man inte fick in så mycket skräp i ögonen.

Nästa tanke som kom, var att det med stor sannolikhet var en jakthund hon kört över. Leila hade inte riktigt full koll på om det var älgjakt eller något annat på gång för tillfället, men det det var ju egentligen oväsentligt.

Med bara knappt fem meter kvar, upptäckte hon vad hon kört över.

Till sin stora förskräckelse upptäckte Leila att det var en människa som hon dödat med sin bil! Desperat rusade hon fram för att försöka få liv i personen igen, men insåg snart att det var helt utsiktslöst.

Av den fruktansvärda åsynen kände hon att hon obevekligen tappade kontrollen över sina ben och kunde därmed inte stå upp längre, utan tvingades sätta sig ner bredvid kroppen.

Insikten över att ha tagit livet av en människa blev alldeles för mycket att ta in för Leila, så hon grät hejdlöst och visste inte vad hon skulle ta sig till. Visst hade hon gjort det under tjänsteutövning och dessutom helt utan ont uppsåt, med vad hjälpte det egentligen? Omöjliga frågor att finna svar på studsade runt i hennes hjärna och efter flera minuters funderande stod bara en sak helt klar för tillfället.

Leila insåg att det här skulle förändra hela hennes framtid och det var absolut en sak som hon aldrig kunde få förlåtelse för. Knappast i en domstol, och säkerligen inte av sig själv, vilket i nuläget kändes som det viktigaste.

Hennes tårar verkade efter ett tag ha tagit slut för det kom inga fler. Hulkande och med en stor portion självömkan satt hon kvar och märkte att vägdammet till slut lagt sig ner och naturen runt omkring var som den förmodligen varit innan det fasansfulla hände.

Det kändes så konstigt att se ett par fåglar och en ekorre i närheten, samtidigt som ett moln på himlen gav vika och släppte fram den starka solen som så här års stod ganska lågt. Leila förstod att det var helt oväsentliga iakttagelser som hon just gjorde, men på samma gång kändes det lite befriande att få lägga tankarna på något annat. Kanske var det hennes hjärna som styrde hennes tankar till att se något annat än den döda kroppen alldeles intill henne.

Plötsligt såg hon i ögonvrån något som blänkte till av solens strålar några meter ifrån platsen där hon befann sig. Med samlade krafter reste hon sig upp och gick med stapplande steg dit för att se efter vad det var.

Samtidigt som Leila såg att det var en automatkarbin som låg i vägkanten, hörde hon att en skottsalva avlossades en bit ifrån henne. Så snabbt hon kunde slängde hon sig ner för att inte bli skjuten. Att hon inte blivit träffad än insåg hon var mirakulöst, när en ny eldskur hördes. Gruset intill henne revs upp av ett skott och ett par kulor tog i träden som stod bakom henne. Med en snabb rullning ett par varv åt vänster tog hon sig ner i diket för att förbättra sitt skydd samtidigt som hon själv sköt ett skott för att besvara elden.

Att hon skulle träffa den som besköt henne var inte så troligt, men med skottet hon avlossade talade hon om, att om gärningsmannen kom närmare så tänkte hon göra allt för att försvara sig.

Efter några minuters tystnad hörde hon en bil rivstarta en bit därifrån och hon antog att skytten och de övriga begett sig iväg.

Försiktigt kröp hon upp från diket där hon sökt skydd och kröp bort mot sin bil.

När hon kom närmare den såg hon att den blivit beskjuten, för både vindrutan och framdäcken var träffade och förstörda.

Att kunna göra ett anrop med kommunikationsradion igen visste hon inte om det var möjligt, men hon hoppades att det åtminstone skulle gå att ringa från bilen och tillkalla förstärkning.

När hon hörde att signalerna gick fram drog hon en lättnadens suck och försökte samla tankarna för att kunna återge allt vad som hade hänt.

- - - - -

Kapitel 7

Scotten kände hur det gick runt i skallen, mest beroende
på att smärtan gjorde att han tog för korta andetag och
därmed inte syresatte blodet tillräckligt. En annan
betydande faktor antog han var, att han för länge sedan
passerat tiden för när det var dags för honom att äta
något. Med så mycket självdiciplin som han någonsin
kunnat ansamla, försökte han ta djupare och längre
andetag, för att om möjligt hålla sig vid medvetande.
Samtidigt sökte han systematiskt igenom sina fickor för
att se om det fanns något ätbart i dem. I sina byxfickor
kände han något i varje hand och kom efter en stunds
eftertanke på att det ena nog var ett smörgåspaket han
fått med sig innan han rusade iväg från sina föräldrars
hus på morgonen. Att det var kraftigt demolerat rådde
ingen tvekan om, men tack vare att det var två simpla
limpsmörgåsar med endast ost som pålägg och att allt
var paketerat i en femliters plastpåse, så gjorde det att
inget egentligen gått till spillo. I den andra fickan blev det
svårare att gissa sig till vad det var. Innan han fått upp
det hade han ingen aning, och vid en första anblick
knappast då heller. Det var en svart sliten plånbok som
han inte alls kunde dra sig till minnes att han sett
tidigare. Utan att komma ihåg det, måste han stoppat på
sig den innan han hoppade ut ur skåpbilen. Så fort han
vek ut den drog det kalla kårar längs Oskars ryggrad
och han var färdig att kasta iväg den så långt han
kunde, men det var på samma gång något som han inte
förmådde. Trots att han tydligt kände igen bilden på

63

körkortet som fanns i den, så var det precis som att plånboken klistrats fast i hans hand som om att han verkligen skulle ta in vad han själv nyligen gjort.
Insikten om att han, Oscar Scotten Scott för mindre en en timme sedan tagit livet av en tvåbarnsfar var outhärdlig.
Mitt emot körkortet fanns bilder på två barn som borde vara cirka två och fyra år. Pojken hade ljust lockigt hår och hans storasyster log med öppen mun på bilden som tydligen bara var någon månad gammal, av datumet längst ner att döma. Någon mamma till dem kunde Scotten inte se skymten av någonstans på fotot, men det var ju inget ovanligt precis att småbarnsföräldrar delade på sig.
Att pappan till de två små barnen med berått mod hade haft för avsikt att mörda Scotten, kunde inte ta bort det faktum att han själv tagit livet av honom.
För att inte svimma, ställde han sig ner på knästående och kände samtidigt hur vansinnigt ont det gjorde i det högra knät. När han tittade ner såg han en stor blodfläck och förstod att skadan måste ha inträffat när han kastat sig ut ur skåpbilen.
-När ska allt elände ta slut? sade Scotten undrande och sammanbitet till sig själv.
Med den lilla gnutta självbevarelsedrift han lyckades finna hos sig, öppnade han påsen vars innehåll inte alls såg ut som smörgåsar längre.
För att överleva var han tvungen att äta upp varenda brödsmula och därefter ta sig längre in i skogen för att inte bli upptäckt, tänkte han.

- - - - -

Dammet hade lagt sig helt när Leila avslutade samtalet med kontoristen på polistationen. De hade bland annat lovat att skicka dit ambulanser och lagt ut rikslarm efter den svarta Audin. Först var hon lite osäker på om det stämde, men efter ett tag fastslog hon att det inte rådde någon tvekan om vad hon hörde. Från samma håll som hon själv kommit, närmade sig ett motordrivet fordon hastigt.

För att ta det säkra före det osäkra, kastade hon sig ner i diket och kontrollerade att vapnet var osäkrat. Möjligheten att hon på något sätt hade fått Audin med några av gärningsmännen bakom sig i jakten på dem, kändes plötsligt fullt tänkbar. Den otroligt torra grusvägen hade ju i princip gjort det omöjligt att se om hon kört förbi dem på en mötesplats eller liknande, det var hon nu helt införstådd med. Vad de i så fall var kapabla till när de fann en av sina kumpaner överkörd och dödad av en polisbil, var ganska lätt att räkna ut. Med pekfingret vilande på hanen och med endast sitt högra öga öppet, höll Leila andan och var beredd att avlossa ett skott. Av ljudet att döma trodde hon att det bara kunde röra sig om några sekunder tills hon skulle se fordonet, samtidigt som hon inom sig började tveka på en viktig punkt. Frågan var om hon skulle försöka träffa ett av däcken på bilen så att den körde av vägen eller om det var föraren hon borde skjuta. För hennes egen skull vore det helt klart säkrast om hon sköt den som framförde bilen. När sedan bilen fick stopp och övriga klev ur, borde hon kunna tvinga dem att lägga ner sina vapen och ge sig. Det som talade emot det hela, var egentligen bara att föraren förmodligen skulle dödas av hennes skott. Möjligheten att träffa gärningsmannen någon annanstans än i hans huvud och därmed endast skada honom fanns inte.

Exakt när Leila bestämt sig för var hon skulle skjuta, dök fordonet upp. Hon slogs av en märklig känsla då hon pressat in avtryckaren så att ett välriktat skott gått av. Hela hennes kropp var på helspänn fortfarande, förutom hennes pekfinger som förunderligt nog kunde koppla av efter avfyrningen.

Leila begrep inte själv hur hon kunde tänka sådana här tankar vid ett så livsavgörande tillfälle och tvingade bort dem så gott hon kunde för att kunna fokusera på vad som skulle hända härnäst.

- - - - -

Scotten vände ut och in på plastpåsen för att få i sig alla brödsmulor. En tanke slog honom, och han tyckte att den var värd ett försök. Grimaserande av smärta från det skadade högerknät, tvingade han sig att dra ner sina byxor och se efter hur illa det var. Hade det varit brutet borde han inte kunnat stödja på det över huvud taget, så den risken var förhoppningsvis eliminerad. Däremot var risken stor för att det var en kraftig blödning som det var nödvändigt att förbinda, om han inte skulle drabbas av blodförlust och dämed chock. När han fått ner sina byxor nedanför knäet såg han att en del av tyget satt kvar i det öppna såret som blödde ymnigt.

Oscar hade för sig att det egentligen vore bäst om han fick bort tygbiten innan han lade ett tryckförband med plastpåsen, men det var något han inte förmådde.

Att det var relativt många som dog för att de fått blodförgiftning visste han, men det var en kunskap han inte brydde sig om för tillfället. En kraftig gren som låg precis framför hans fötter, fick tjänstgöra som krycka när han stapplade vidare bort från vägen.

Av brödet hade en viss mättnadskänsla infunnit sig, nu skulle det bara sitta fint med ett par liter kallt vatten, tänkte han och hoppades att det skulle finnas en porlande bäck i närheten.

I en bok han läst på anstalten när han suttit inne, hade han fått veta att de som gått vilse ofta gick runt i en ring istället för rakt fram. Vad man skulle göra för att inte råka ut för det hade han glömt, samtidigt som han tyckte att det var en ganska märklig grej som egentligen borde vara rätt så lätt att undvika. Emellanåt tittade han bakåt var han gått och tog sedan en riktpunkt så långt fram som han kunde se mellan träden för att kunna hålla så rak kurs som möjligt. Efter ett tag kom han ut på en stig som han beslöt sig för att följa. Om det var något som djur trampat upp eller om det var människor som gjort det, kändes oväsentligt. Med stor sannolikhet gick väl inte stigen runt i en ring i alla fall, utan ledde förmodligen till någon väg eller gård, tänkte han. Den gick inte rakt i den riktningen som Scotten tänkt från början, men var betydligt lättare för honom att ta sig fram på nu när han var skadad både i ett knä och en axel.

Hur mycket klockan kunde vara visste han inte, men han antog att det bara skulle vara ljust ett par timmar till. Den relativt svaga höstsolen gjorde nog vad den kunde för att ge lite värme, men kunde inte ta bort den råa luftfuktigheten som blev alltmer påträngande. Scotten anade ändå att det såg ljusare ut lite längre fram längs stigen, kanske på grund av en skogsglänta eller ett öppet fält. Med lite tur kunde där finnas ett hus i närheten, tänkte Scotten och kämpade vidare.

- - - - -

Leila hade koncentrerat sig så fullständigt på att träffa rätt, att hon först nu såg att bilen som närmat sig var en vit Mazda. Kulan hon avlossat hade träffat precis där hon siktat, i bilens vänstra framdäck varpå fordonet kört i diket.

-Varför skjuter du på oss Leila? ropade Jesper förvånat, när han försiktigt öppnat dörren och tagit skydd bakom den.

-Jag var orolig för att gärningsmännen hamnat bakom mig. Jag kunde väl inte veta att du skulle komma åkande i en lånad bil, svarade Leila och tackade sig själv för att hon inte skjutit ihjäl sin chef.

-Nej det är klart förstås. Jag fick låna den av Sara så att jag kunde ta mig hit. Tyvärr kunde jag inte förvarna dig att jag var på väg för det är fortfarande något som stör ut våra kommunikationsapparater, sade Jesper.

-Det har hänt något fruktansvärt! Jag har kört ihjäl en människa! skrek Leila och bröt ihop.

-Jag ser det, men han var ju beväpnad. Som jag ser det så var det han eller du som skulle dö, sade Jesper.

-Det hjälper inte ett dugg! Förstår du inte, jag har haft ihjäl en människa för att jag körde för fort! Jag är en mördare! vrålade Leila desperat.

-Som sagt så räddade du förmodligen livet på dig själv genom att oavsiktligen köra på personen. Dessutom såg du med all sannolikhet till så att jag lever fortfarande.

Jag kan tänka mig att den här gärningsmannen hade för avsikt att döda både dig och mig genom att lägga sig i bakhåll och skjuta oss. Tack för att du siktade på ett av framhjulen på Mazdan istället för föraren som i det här fallet råkade vara jag. Det vet jag inte om jag själv haft sinnesnärvaro att göra, fortsatte Jesper.

Leila fick inte av sig att berätta hur nära det varit att hon skjutit ihjäl sin kollega. Egentligen var det något som lika gärna kunde få vara hennes hemlighet, för absolut ingenting skulle ju bli bättre om hon sade som det var. Tankarna bara snurrade i hjärnan och hon såg sig om efter någonstans att sätta sig innan hon svimmade.

-Sätt dig på motorhuven innan du tuppar av, befallde Jesper som såg hur omtumlad Leila var.

-Ja, jag får nog göra det för benen håller visst på att vika sig snart. Hur blir det nu tror du, när jag kört ihjäl en människa, får jag sparken och ett fett skadeståndskrav till gärningsmannens anhöriga? undrade Leila.

-Försök att inte tänka på det nu, utan ta till dig av det jag sade nyss. Du räddade livet på både mig och dig själv samt oskadliggjorde en beväpnad person. Visst lär det bli en turbulent tid för oss en tid framöver med internutredningar och ett drev bestående av blodtörstiga journalister, men jag kommer backa upp dig till etthundratio procent, det kan du räkna med.

-Hur jag än försöker så kan jag inte bortse från att jag från och med idag är en mördare. Oavsett om påföljden blir relativt lindrig, så kommer jag aldrig att kunna förlåta mig själv för vad jag gjort, svarade Leila och lade sig ner på motorhuven med sitt huvud mot vindrutan.

-Polisen har specialutbildade psykologer som kommer

hjälpa dig att inte tappa fotfästet. Visst är det som du säger, att det inte går att komma ifrån att en person omkom här idag, men det finns massor av omständigheter som gör det hela förmildrande för din del, fortsatte Jesper.

-Jag får hoppas att du har rätt, för just nu mår jag piss. En liten klen tröst i det hela är kanske att jag är tillsammans med Petter Sand som väl är Nyköpings mest framstående journalist, sade Leila med ett ansträngt leende.

-Javisst ja, du har ju ihop det med en murvel! Ja du har nog rätt, han kan säkert få det hela att framstå som något riktigt bra gjort av poliskåren. Se till att inte göra slut med honom innan artikeln är tryckt, fortsatte Jesper och skrattade.

-Nu hör jag att förstärkningen kommer, så då kan vi snart åka in till stationen. Konstigt nog är jag vrålhungrig. Egentligen kan jag inte begripa hur jag kan tänka på mat efter det som hänt, men det är klart att det har ju gått några timmar sedan jag fick något i mig, sade Leila och satte sig upp på huven.

- - - - -

När Scotten fick se ett gammalt äppelträd vid kanten på fältet så förstod han att det förhoppningsvis inte borde vara så långt till ett boningshus. Visserligen såg trädet ut som om ingen brytt sig om att plocka dess frukt, för massor hade ramlat ner på marken. Att den var övermogen och delvis maskäten var inget som hindrade Scotten från att stoppa i sig massor och han log tacksamt mot trädet som så påpassligt kommit i hans väg. Äpplena var riktigt kalla och saftiga vilket passade perfekt, tyckte Scotten som var förgrymmat törstig. Under tiden han mumsade i sig kände han långsamt hur hans krafter kom tillbaka. Helst hade han velat se ett hus i närheten också, men det enda som syntes från platsen han befann sig var en gammal husgrund. Med lite tur borde det finnas en brunn i närheten, tänkte han medan han stapplade vidare. Bakom sig lämnade han ett länsat träd. Äpplena han inte ätit upp hade han stoppat i sina fickor för att ha något att käka på lite senare. Enda nackdelen med det var, att byxorna nu stramade mer mot det värkande knät som skrek av smärta varje gång han satte ner högerfoten. På trappan som en gång lett in till det lilla huset satte han sig ner för att på nytt se efter hur skadan såg ut och om hans provisoriska tryckförband gjorde någon nytta. Till sin glädje såg han att blödningen hade stoppats. Att det med all säkerhet var infekterat och att det skulle krävas mängder med bedövning och smärtstillande för att kunna rengöra såret visste han mycket väl, men det var något som fick skjutas på framtiden. Från platsen där han satt såg han granskogen breda ut sig längs vägen som ledde därifrån. Med en sista kraftansträngning reste sig Scotten upp och gick bort mot granarna för att bryta några grenar att lägga sig på för natten. Turligt nog gick det ganska lätt att bryta av dem, så han kunde göra ett enkelt vindskydd att sova i. Precis när han lagt sig, syntes de sista solstrålarna för dagen lysa upp trädtopparna på andra sidan fältet. Med tankarna på Lisa trängde han bort de flesta bekymren som uppstått under dagen och somnade inom bara några minuter.

- - - - -

# Kapitel 8

Lisa förmodade att Scotten var sur på sina föräldrar och att det var därför som han inte brytt sig om att svara när hon ringt honom. En lite långsynt förklaring, men det var det enda hon kunnat tänka sig. Visst kunde hon förstå att det kändes jobbigt för honom att flytta hem till dem, om än bara för ett par nätter. I det här fallet hade de ju dock haft goda skäl till att göra det, för deras lägenhet var ju inte beboelig. På det hela taget fattade hon inte vad det var som gjorde att han vantrivdes så pass med att komma för nära sina föräldrar, men anade att det var händelser som utspelat sig långt innan hon kommit in i bilden. Lisa trodde att Scotten kanske skämdes för dem lite och att känslorna på något sätt förstärktes när hon var med.

Nu hade det gått sex timmar sedan hon försökt få tag i honom för att berätta att saneringsfirman under inga omständigheter hade möjlighet att åtgärda deras lägenhet förrän tidigast under nästföljande förmiddag. Att inte Scotten skulle vara hemma hos sina föräldrar när hon kom dit efter att hon hade slutat sitt jobb i klädbutiken, fanns inte på kartan.

När Lisa bara hade drygt hundra meter kvar till Henriks och Marias hus, såg hon att de var på väg ut för att motionsgå en sväng, för de hade träningskläder på sig.

-Du kanske ville följt med ut en runda, ropade Henrik när han fick se henne.

-Nej, det känner jag inte riktigt för. Visserligen skulle jag behöva det, men fötterna är precis svullna efter att jag stått upp hela dagen, svarade Lisa.

-Om du vill kan du ta något att äta i kylskåpet medan vi går, förstås. Vi har redan käkat lite, sade Maria medan hon knöt om skosnöret på ena skon för att det satt för löst.

-Ja tack, jag får se. Är Scotten inne eller var håller han hus någonstans? undrade Lisa.

-Jag har inte hört något från honom. För ett par timmar sedan skickade jag ett textmeddelande till honom och förklarade att de fixar er lägenhet först imorgon, men jag har inte fått något svar, fortsatte Henrik.

-Märkligt, han brukar väl alltid höra av sig om han måste jobba över, svarade Lisa som började bli orolig.

-Det är säkert lugnt. Han kanske bara har glömt att ladda sin telefon så det är därför vi inte får tag på honom, sade Henrik lugnande samtidigt som det ringde i Lisas väska.

-Förhoppningsvis hör han av sig nu, sade Lisa och tog upp telefonen för att svara.

-Är det hans nummer? frågade Maria otåligt, för hon anade också att något hänt.

-Nej, det här numret känner jag inte igen, men det börjar på 0155 så det är ju ett lokalt samtal i alla fall, sade Lisa och tryckte på grön lur.

Både Henrik och Maria hörde Lisa svara nekande flera gånger och såg på henne att hon blev alldeles röd i ansiktet av oro.

-Vem var det? undrade Henrik när samtalet avslutats.

-Det var Scottens chef på Allsvets AB. Tydligen har han inte varit där på hela dagen! Vad tusan ska det här betyda? frågade Lisa medan tårarna började rinna på hennes kinder.

-Jag vet faktiskt inte, vi kanske skulle åka bort till er lägenhet för att kontrollera så att han inte befinner sig där av någon anledning, sade Henrik.

-Tänk om det har något att göra med hoten som han fått den senaste tiden. Jag vill att vi ringer polisen direkt, sade Lisa med skärpa i rösten.

-Jag tror fortfarande inte att det har hänt något. Scotten är så stor att han kan ta hand på sig själv. Jag föreslår att vi åtminstone tar bilen en sväng till er lägenhet först och kanske hör med Ludvig så att han inte är med honom av någon anledning, försökte Henrik och såg bedjande på Lisa.

-Okej, under tiden du kör dit ringer jag Ebba och Ludvig och kontrollerar. Får vi inte tag i Scotten, så åker vi till polisstationen med en gång sedan, svarade Lisa bestämt.

- - - - -

Bara efter en stund vaknade Scotten av att myggen höll på att bita sönder honom totalt på kinderna och på den handen som han inte låg på. Han försökte förgäves skyla sitt ansikte och gömma sin andra hand men lyckades inte, utan på något sätt letade de sig in och gjorde att han omöjligen kunde somna om igen. Det tillsammans med smärtan från knäet och den demolerade axeln, gjorde att han till slut gav upp och reste på sig för att gå vidare. Tack vare att natten var helt klar och att det i stort sett var fullmåne, så bedömde Scotten att det egentligen var tillräckligt ljust för att se skapligt var han satte fötterna, åtminstone så länge han höll sig på vägen som ledde ifrån det forna torpet. Efter några steg kände han att det var lika bra att försöka hålla igång och gå, dels för att hålla uppe kroppstemperaturen, men även för att lederna inte blev så stela om han rörde sig. Vägen var krokig och ganska kuperad och det syntes att det knappast gick någon trafik på den varje dag. Särskilt den breda remsan med gräs i mitten vittnade om detta och Scotten kom att tänka på hur det varit för människor som färdats här för kanske hundra år sedan. Vid närmare eftertanke på hur de förmodligen haft det, insåg han att han trots allt hade det rätt så hyggligt. Visserligen var han skadad och helt ensam, men inom ett dygn borde han utan vidare både blivit omplåstrad och fått i sig en rejäl bit mat. Längre ut i vildmarken kunde han inte befinna sig, utan att det förmodligen var en helt realisitisk tanke, resonerade han. Som en blixt från en klar himmel kom han att tänka på att han faktiskt haft ihjäl en människa för bara ett halvt dygn sedan! Utan förvarning kände han att han skulle behöva stanna vid vägkanten för att kräkas, så motbjudande var synerna som kom fram i hans hjärna. Scotten visste inte om det berodde på det svaga ljuset från månen, som ibland dessutom skymdes av trädtopparna, om det kanske förstärkte hans syner av det obehagliga han varit med om nyligen. Om han istället haft fullt dagsljus och då fått en massa synintryck från allt han sett borde det ju på något sätt trängt undan bilderna på tvåbarnspappan han dödat.

För att bryta det obehagliga som inletts i hans huvud, bestämde han sig för att koncentrera sig på att försöka titta mot månen och stjärnorna på himlen så mycket som möjligt, samt tänka på hur trevligt det skulle bli att träffa

Lisa igen. Han visste att hon förmodligen höll på att gå åt av oro, för så väl kände han henne.

Han hade vid ett flertal gånger lovat både henne och sig själv att alltid höra av sig om det blev ändrade planer, men just nu sket det sig ännu en gång för att han befann sig på en plats utan mobiltelefon. Något annat sätt höra av sig, fanns det inte efter vad han kunde komma på i nuläget.

Plötsligt tyckte han sig höra röster, men han var långt ifrån säker. Ett tag tänkte han ropa på hjälp så högt han kunde, men något inombords sade honom att han inte borde göra det. Mest berodde det på att han anade oråd över att det kunde vara några som höll på med något som inte var helt lagligt i och med att det var mitt i natten, dessutom långt ifrån ett samhälle. Kom då han och avbröt dem eller avslöjade dem, så kunde det bli hur farligt som helst för.

Scotten beslöt sig för att smyga försiktigt framåt för att försöka se vad som stod på. Han var nu säker på att det var hysteriska röster han hörde och vid två tillfällen hade bildörrar smälts igen.

Hjärtat slog så hårt i hans bröst att han kände varje slag, precis som han brukade göra när han tagit ut sig fullständigt vid löpning. Grejen var bara den, att nu hade han inte gjort någon speciell kraftansträngning, utan bara gått sakta. Han insåg att olustkänslorna och oron för vad som väntade honom lite längre fram, fullständigt sopade bort alla försök att lugna sina tankar. Scotten sammanställde sina intryck och fick fram att det egentligen inte fanns några påtagliga hot mot honom här. Gick han bara lugnt fram till dem och sade att han behövde komma till ett sjukhus omgående så skulle han säkert få hjälp med det.

Lik förbannat var det något som inte stämde, han kunde bara inte komma på vad.

- - - - -

På polisstationen hade en kvinnlig psykolog mött Leila för att samtala med henne efter att de kom tillbaka. Hon hette Karin Nors, och hade varit saklig och förstående vilket gjort att Leila tyckt att det varit helt okej att prata med henne. Det enda som hade stört Leila, var en detalj som till slut fått henne att ha svårt för att riktigt ta in vad psykolgen sade. I slutet på i stort sett varje mening, hade Karin sagt "liksom", så till slut kunde Leila inte låta bli att sitta och räkna hur många gånger som det ordet slank ur psykologens mun.

På frågan om hon ville vara sjukskriven tills den ofrånkomliga internutrdeningen var färdig, hade Leila med bestämdhet krävt att hon skulle få arbeta vidare istället. Karin hade då sagt att om hon ändrade sig, så var det bara att höra av sig så skulle det gå att ordna omgående.

Rapporten Leila skrev efteråt och lät Jesper läsa, var saklig och fulländad på alla sett, tyckte hennes chef. Inom sig var hon lite förvånad över hur lätt det gått att göra den med tanke på vad som hänt, men kände att hon inte hade något val. Klappade hon ihop nu skulle det bara bli jobbigt att komma tillbaka igen, tänkte hon. Visst kunde hon lätta sina bördor inför sin pojkvän Petter om det behövdes och samtidigt lita på att han inte spred dem vidare, men just för tillfället tyckte hon inte att det behovet fanns direkt. Det bästa vore nog om hon hade någonting att göra hela tiden så att hennes hjärna var sysselsatt och inte började grubbla på sådant som ändå inte gick att få ogjort.

-Vad gör vi härnäst? undrade Leila när Jesper var färdig med sin sammanställning av vad som hänt hittills under dagen.

Precis när hennes chef skulle svara ringde det på hans telefon, så han nickade bara lite till Leila innan han tryckte på grön lur.

-Jag fick just veta att en svårt sargad kropp hittats några mil söderut på en grusväg. Vi får räkna med att jobba över idag sade Jesper och reste sig från den slitna kontorsstolen.

-Är personen död eller bara svårt skadad? frågade Leila som var lite kluven till om hon ville jobba över. Det hade varit en extremt påfrestande dag hittills, men på samma gång som hon ville vila, var det väl egentligen det här som hon behövde, nämligen att snabbt kasta sig över en ny viktig uppgift.

-Det är tydligen en ung man som är död. Av skadorna att döma kanske han har blivit utkastad från en bil, men om han dog av det eller om han mördats tidigare, är för tidigt att uttala sig om. En distriktsläkare hade kört vilse och när han svängt in på en mindre väg för att vända, gjorde han det makabra fyndet.

-Okej, är mannen kvar på fyndplatsen eller har han körts till rättsmedicinska? frågade Leila.

-Han ligger kvar i vägkanten och läkaren är tillsagd att vänta där tills vi kommer fram. Vi sticker direkt innan eventuella spår förstörs, sade Jesper medan han kollade att han hade med sig vad han behövde.

-Ska jag se till att tekniska också åker dit? undrade Leila.

-Ja, gör det. Om det mot förmodan inte begåtts något brott, så måste vi i så fall ändå med säkerhet kunna utesluta det. Jag känner dock på mig att det här är någon form av bestraffning eller kanske ett vittne som skulle tystas för evigt, fortsatte Jesper nedstämt.

-Med andra ord känner du på dig att det kan vara svårt att finna en gärningsman till det här dådet, sade Leila.

-Jag vet förstås inte, men erfarenhetsmässigt är det så. Men visst, har vi lite tur kanske någon får dåigt samvete och erkänner det hela, svarade Jesper och log lite samtidigt som de tog plats i deras bil.

- - - - -

Maria satt kvar i BMW:n medan hennes man och Lisa gick in på polisstationen. Innerst inne var hon väldigt orolig för vad som kanske hade hänt hennes son, men för att inte skrämma upp Lisa mer, beslöt hon sig för att vänta utanför medan de andra gick in.

-Min son är försvunnen! sade Henrik och spände blicken i receptionistens ögon.

-Vad heter han och hur länge har han varit borta? frågade hon som satt bakom glasluckan.

-Han heter Oskar "Scotten" Scott och försvann i morse när han var på väg till sitt arbete. Dina kollegor där inne, Gröön och Nilsson, vet att han utsatts för hot nyligen, sade Lisa innan Henrik hann svara.

-Jaha, då föreslår jag att ni går in och pratar med dem direkt, svarade receptionisten och tryckte på en knapp så att dörren öppnades.

-Vi hittade inga spår i er lägenhet som kan peka ut

någon gärningsman för skadorna där. Fast onekligen är jag personligen tyvärr helt inne på att försvinnandet idag och hoten han fått har en koppling, sade Nilsson.

-Vad hade han för kläder på sig? frågade Gröön och tog fram ett litet anteckningsblock ifrån sin ena benficka.

-Ett par vanliga jeans och en svart lättviktsjacka. Jag låg och sov när han gick till jobbet, men förmodligen hade han en mörkgrå keps på sig med, svarade Lisa.

-Okej, en mobiltelefon hade han säkert med sig också, vet du varför han inte svarar? För jag förmodar att ni försökt att få kontakt med honom, sade Gröön med en undrande blick.

-Ja, visst har vi ringt och skickat meddelanden ett antal gånger. Om det beror på att han har ett oladdat batteri eller så vet jag faktiskt inte, svarade Lisa.

-I normala fall brukar vi lugna oss minst ett dygn i sådana här ärenden, men som läget är nu så går vi ut med en efterlysning direkt. Det är inte mycket mer vi kan göra just för tillfället, fortsatte Gröön.

-Kan ni spåra hans nummer och se var han befinner sig? frågade Henrik medan han reste sig upp.

-Det håller jag på att försöka göra nu, grejen är bara den att är den avstängd eller urladdad så är det inte till någon hjälp, sade Nilsson och tittade upp från datorn han suttit och knappat på under tiden.

-Lovar ni att höra av er när ni får veta något? frågade Lisa och sköt in sin stol.

-Givetvis gör vi det. Skulle ni på något sett få kontakt med honom så förutsätter jag att ni talar om det oavsett vad som hänt, svarade Gröön.

-Visste de något? frågade Maria när de kom ut till bilen

igen.

-Nej, inte ett dyft. Men de har lovat att göra vad de kan och de har redan gått ut med en efterlysning, svarade Henrik och startade.

Det var de sista orden som sades på väg hem till huset. Det enda som hördes var Lisas snyftande från baksätet.

- - - - -

Satfläsk! viskade Scotten tyst för sig själv medan hans ögon spärrades upp i ren förskräckelse och förvåning. Det var rösten som han plötsligt kände igen som hade skapat sådana olustkänslor hos honom! När han legat skadad i skåpbilen hade han hört en röst som förmodligen pratade i telefon, för det lät så på samtalet. Eftersom tvåbarnspappan inte sagt något just då, så måste det med all sannolikhet varit föraren som han hört. Dels var det brytningen till något öststatsspråk som han kände igen, men även att när personen blev upprörd, så gick han nästan upp i falsett.

I månens sken kunde Scotten se mannen diskutera livligt med två andra personer om något som verkade ytterst angeläget. Rädslan för att själv bli upptäckt gjorde att han fått krypa ner bakom ett träd och bara titta med ett öga för att inte synas. Likväl kunde han se profilen tydligt med en stor fyllekran till näsa och en lockhårig skepparkrans som gjorde att mannen skilde sig en hel del från mängden.

För att inte avslöja att han var åhörare till deras samtal släppte han ut sin utandningsluft gernom vänster mungipa. I ögonvrån kunde han se ångorna stiga upp längs trädet, så de rimligtvis borde vara omöjliga för dem att se. Medan Scotten lystrade sina öron så mycket han kunde för att höra vad de pratade om, blev han rädd för en sak som han inte kunde påverka. Att de skulle kunna höra hans hårda hjärtslag kunde säkert låta som en befängd tanke för någon utomstående, men de var nu så brutalt kraftiga att det kändes ända upp i halsen på honom. Så fort han inte koncentrerade sig på att höra deras ord var det hjärtats dunkande det enda han hörde.

-Fokusera på uppgiften att höra vad de tänker göra Scotten, mimade han med sin mun för han visste att det gällde hans liv.

- - - - -

## Kapitel 9

När de kom fram till den väntande distriktsläkaren hade ytterligare två bilar stannat på vägkanten och folk stod och tittade på liket.

-Det är ingen vi känner, sade en av dem medan han plockade ner sin mobiltelefon som han nyss tagit kort med.

-Har ni inga upplysningar om vad som skett här ber jag er omgående lämna platsen. Vi kommer spärra av området för undersökning, sade Jesper.

-Fy tusan så osmakliga en del människor är, sade Leila när de satt sig i sina bilar.

-Ja, så är det. Förhoppningsvis blir det snart förbjudet att filma och ta kort så här, det är på förslag i alla fall. Men det borde ju redan nu vara något som folk begrep ändå, om de har lite sunt förnuft. Pratar du med läkaren så undersöker jag omgivningarna lite tills tekniska kommer.

-Ska jag ta registreringsnumrena på de som stått och glott här eller är det inte lönt? frågade Leila.

-Jo gör det för säkerhets skull. Jag tror knappast att de är skyldiga till det som skett, men på samma gång vet man ju rent statistiskt att gärningsmän ofta återkommer till sina brottsplatser, svarade Jesper.

När Leila skrivit av registreringsskyltarna gick hon bort till distrktsläkaren som satt sig på en sten vid diket.

-Jag har konstaterat att han är död och att några återupplivningsförsök är helt förgäves. Jag är bara utbildad på allmän medicin så några expertutlåtanden kan jag inte hjälpa er med, sade han när Leila kom fram.

-Okej, jag förstår. Våra tekniker kommer snart och sedan förs kroppen till rättsmedicinska. Hoppas inte ert arbete blev alltför lidande av att ni fick vänta här tills vi kom, men det var nödvändigt, svarade Leila.

-Det har löst sig, jag var redan så pass försenad så jag får ta det besöket imorgon. Hade det varit något akut hade det ställt till det en del, men nu gick det bra. Jag fick lämna mina kontaktuppgifter när jag larmade er, så dem har ni. Då sticker jag, hejdå! sade läkaren.

-Visst, tack och hejdå, svarade Leila och gick bort till sin chef och teknikerna som just kommit.

-Vi bryr oss inte om att sätta upp några avspärrningsband. Det är så lite trafik på den här vägen så det får duga med att vi ställer våra fordon i vägen, hundra meter åt varje håll, sade Jesper när han såg att Leila kom.

-Nu har ju tyvärr en del fordon och människor förstört en del spår här, men vad jag kan se förefaller det som om läkaren haft rätt i att kroppen kastats ut från ett fordon. Om personen var död redan då eller om han omkom av att slå i vägbanan får obducenterna fastställa, sade kriminaltekniker Lisbeth.

-Har du hittat några identitetshandlingar på honom, eller åtminstone en biltelefon? frågade Jesper.

-Det låg en telefon i hans byxor, men den var totalt sönderslagen. Jag tror det går att få fram simkortet oskadat i alla fall, så ni kanske får veta hans identitet. Någon plånbok kunde jag inte hitta, men det är ju inte alla som använder det nu för tiden, fortsatte Lisbeth.

-Jaha, det är ju ett steg i rätt riktning om vi kan få veta vem det är. Hör ni av er så fort ni får fram något?

undrade Jesper.

-Klart att jag gör det. Precis som jag alltid brukar göra, svarade Lisbeth och log samtidigt som hon plockade ihop sin utrustning.

-Vad säger du Leila, hur känner du dig? Jag menar, tänker du mycket på pistolmannen du råkade köra på med bilen? frågade Jesper medan han nickade lite till Lisbeth.

-Det är helt klart bra för mig att ha tankarna på nya arbetsuppgifter, för då blir det inte så mycket grubblande. Det här fallet var ju dock på ett grymt sätt en hemsk påminnelse. Det är andra liket på en grusväg på en och samma dag! Hur stor är möjligheten för att råka ut för det egentligen? frågade Leila.

Ja det är klart, jag förstår hur du tänker för visst finns det vissa likheter. Det är nog bara slumpen som spelat ett spratt, något annat kan jag inte tänka mig. Nu åker vi till stationen och sedan slutar vi jobba för idag, svarade Jesper.

-Ja det gör vi. Jag kan köra, sade Leila, mest för att hon kände att det var ett bra tillfälle att behöva koncentrera sig på något annat, än mannen hon kört ihjäl.

- - - - -

Lisas hjärna jobbade för högtryck, ändå blev hon så trött på sig själv för att hon inte kunde tänka klart. Ena stunden ville hon försöka sova och lite senare letade hon bland Scottens saker för att kanske finna en förklaring till var han höll hus. När hon hittade en ihopknycklad pappersbit i en av hans byxfickor steg oron. Hade han kanske träffat någon annan eller var det ett avskedsbrev att han inte orkade leva mer, var tankar som slog henne. Försiktigt för att inte riva sönder lappen vecklade hon ut den för att se vad det stod på den. När hon fick se att det var en inköpslista på Ica, suckade hon tungt och beslöt sig för att försöka gå och lägga sig för att sova. Och om det nu inte gick behövde hon i vart fall vila. Innan hon lade sig ner och slöt sina ögon kontrollerade hon att ljudet var på för fullt på mobiltelefonen så att hon skulle höra om det ringde.

- - - - -

Scotten gladdes åt att det var i stort sett vindstilla, för det gjorde att han kunde urskilja det mesta som männen sade. Det var bara vid ett par tillfällen som vinden tog tag i träden och ett vinande ljud uppstod, men just då syntes det på deras stängda munnar att de var tysta. Det stod redan klart för honom att föraren var ensam i sina åsikter mot de andra två som han pratade med. De krävde att om föraren till skåpbilen inte hittade Scotten och eliminerade honom inom ett dygn, så skulle han själv få gå till polisen och ange sig som skyldig till att ha dödat deras vän. Först genom att ha misshandlat honom och sedan slängt ut personen från bilen. Orsaken till att de krävde att han skulle erkänna dådet var för att alla spår som ledde till dem skulle döljas. Om hela deras grupp avslöjades var risken stor för att samarbetet med övriga kriminella som de hade, kom fram i ljuset.

När föraren hoppade in i sin skåpbil och startade för att köra därifrån, syntes konturerna av ett gammalt torp i lyktornas sken. Precis när den vände runt, lystes en nygrävd grop upp med en skyffel nedstucken i jorden bredvid. Att det förmodligen var en grav avsedd för honom själv, fick Scotten att stelna till av skräck och för en liten stund var det som om hans hjärta tog en paus. Försiktigt kröp han ihop bakom trädet och vände sitt ansikte bort från vägen för att inte bli synlig i helljuset som nu var påslaget av föraren.

Mitt för honom tvärstannade skåpbilen och Scotten trodde att hans sista stund var kommen. Att försöka fly in i skogen var i hans skick helt otänkbart, det enda han kunde hoppas på var att de var ödmjuka nog att döda honom snabbt. Instinktivt blundade han för fullt, för han visste att det här var ändå inget han ville se. I sitt inre plockade han fram bilder på sin älskade Lisa och hoppades att åtminstone hon slapp undan från deras gruvliga hämnd.

Plötsligt hörde han föraren trycka ner sitt sidofönster och ropa att hans cigaretter var slut och att han undrade om de hade några. "Här har du ett paket, försvinn nu!", hörde Scotten en av männen säga innan föraren drog iväg med en rivstart. Bara några meter ifrån honom hörde han de två återstående männen stå och röka och prata med varandra. När Scotten hörde att hans mage började låta förstod han det mycket väl. Det hade nu gått nästan ett dygn sedan han sist fick något i sig, förutom de övermogna äpplena han nyss ätit.

Som väl var verkade det inte som om de hörde hur hans buk väsnades, för de gick med långsamma steg bort till det fordon som de förmodligen kommit dit med.

Några minuter senare när de åkt därifrån drog Scotten en lättnadens suck och tog fram ett av de demolerade äpplena han hade i sina byxor. Förgäves försökte han komma ihåg fordonens registreringsnummer, vilket han insåg hade kunnat vara till stor hjälp. Hans knä protesterade våldsamt genom att avge en fruktansvärd smärta när han började gå igen. Långt bort såg han billjusen från männens bil försvinna, och han anade att han hade en lång vandring framför sig.

- - - - -

Sista trappstegen upp till lägenheten bröt Leila ihop totalt och satte sig och tjöt för fullt på översta avsatsen.

-Vad är det som har hänt? frågade Petter oroligt av att först hört hennes steg upp för trappan och sedan hur hon grät.

-Jag har dödat en människa! skrek Leila hysteriskt och lutade sig mot Petter som satt sig ner bredvid henne.

-Jag känner dig så väl att jag vet att det måste bero på en olyckshändelse. Jag tycker vi ska gå in och fixa lite te och scones, så kanske det känns något bättre, föreslog Petter.

Utan ett ord reste sig Leila upp och nickade jakande. En stund senare låg degbitarna på en plåt i den heta ugnen och en underbar doft spred sig i köket.

Först när de ätit färdigt och satt och smuttade på sitt te inne i vardagsrummet, började Leila prata.

-Jag orkar inte snacka om det här just nu, men det känns bra om du är nära mig, sade hon.

-Jag förstär hur du känner dig, svarade Petter och drog Leila intill sig så att hennes huvud vilade mot honom.

Leila tänkte först säga till honom att han omöjligen kunde fatta hur det kändes för henne. Vad hon visste så hade han inte dödat någon människa, och därmed så var det absolut inget som han kunde sätta sig in i hur det var. Det här var ett brott av grövsta kaliber som aldrig skulle gå att rentvå sig ifrån och som med all säkerhet var något hon fick dras med så länge hon levde. Oavsett om hon arbetade vidare som polis eller fick börja med något annat skulle det här förfölja henne. Utredningen som väntade kunde nog bli jobbig, men egentligen sket hon fullständigt i hur domen kom att lyda. Bedömdes hon oskyldig av rättsväsendet, så hade hon fortfarande kvar åsikten att hon själv var vållande till mannens död. Det var ingen annan än hon som förföljt gärningsmännen, dessutom utan att ha fått en klar och tydlig order om att göra det. Tanken på hur annorlunda allt varit om hon inte gasat på så förbannat mycket för att hinna ifatt dem gnagde i henne, och ville aldrig släppa taget.

Hur länge hon satt så här innan hon somnade, hade hon ingen aning om. Med ett ryck vaknade hon till och kände sig alldeles stel i ryggen som legat böjd i en båge. Försiktigt rätade hon ut sin kropp och bara väntade på att det obehagliga knakandet från ryggraden skulle komma. Den gamla idrottskadan hon ådragit sig på grund av en övernitisk tränare i ungdomsåren var kronisk enligt läkaren hon besökt senast. Det gjorde egentligen inte ont utan det bara påminde henne om att allt inte stod rätt till med hennes rygg.

Petter hade också somnat i soffan och märkte inte att hon vaknat, utan sov tungt vidare halvt nedhasad med sina fötter på ryamattan under glasbordet.

För att verkligen på alla sätt försöka förtränga tankarna på att hon kört ihjäl en person dagen innan, tvingade hon sig själv att fundera på något annat. Det fick bli glasbordet som hade benställningen från Petters förra lägenhet och en något för stor glas-skiva från en närliggande loppisbutik. Hon hade märkt att Petter var fäst vid bordet och att han ville ha med det till deras numer gemensamma bostad. Själv var hon fruktansvärt trött på alla typer av glasbord, mycket för att hennes föräldrar haft ett som behövde putsas varje dag under hela hennes uppväxt. Den fräna lukten av ammoniak i fönsterputsmedlet var något som hon sedan dess alltid hade hatat och hon kände hur förbannad hon blev bara hon tänkte på det. Hur som helst så hade Petters original glas-skiva spruckit i samband med flytten, men till Leilas förtret hade han lyckats införskaffa en annan inköpt på ett loppis för trettio kronor.

Plötsligt avbröts Leilas tankar abrupt där hon satt klarvaken, men med slutna ögon för att det gjorde så ont i dem efter allt gråtande.

En sten stor som en handboll hade krossat deras fönster och slagit ner i ryggen på en fåtölj intill dem! Blixtsnabbt tog hon sig upp för att titta ut genom fönstret för att om möjligt hinna se vem som gjort det. I sista sekunden hejdade hon sig och ställde sig istället bredvid fönstret. Med sin högra hand tog hon upp en avlång kudde och en pläd som glidit ner på golvet.

-Vad är det som händer? frågade Petter medan han var på väg att resa sig upp.

-Sitt kvar, det kan vara en fälla! befallde Leila och tittade bestämt på honom.

Försiktigt sträckte hon fram kudden med pläden slarvigt omlindad för att få det att se ut som om hon själv var i fönstret för att titta ut.

Dunfjädrar strömmade ut ur kulhålet och Leila kände hur hennes hand drogs med lite när kulan träffade hennes låtsasfigur.

-Det skottet var helt klart ämnat för mig, sade Leila och tog sig ner till golvet och kröp ut mot hallen där hennes mobiltelefon var på laddning. Tätt efter henne ålade Petter utan att säga något.

Under tiden som signalerna gick fram till 112, kände hon efter så att ytterdörren verkligen var låst.

Inom sig lovade hon att så fort det var möjligt, så skulle hon beställa ett vapenskåp så att hon kunde förvara sitt tjänstevapen i lägenheten.

-Tror du att de försöker komma in? stammade Petter vettskrämt fram.

-Jag tror inte att de gör det den här gången, risken att ertappas är för stor. Dessutom såg nog skytten att han träffade, så de räknar säkert med att jag redan är död, svarade Leila, samtidigt som hon hörde att hennes kollegor var på väg.

Att det här bara var början på ett utdraget helvete rådde ingen som helst tvekan om, tänkte Leila.

Under tiden som hon hörde att hennes jobbarkompisar säkrade området, bestämde hon sig för att göra allt för att slå tillbaka mot den som försökt mörda henne. Hade hon arbetat med något annat kanske hon hade flytt från det hela och skaffat en ny identitet, men som det var nu kände hon en orubblig pliktkänsla att skydda dels sig själv men även andra samhällsmedborgare från jävlar som inte drog sig för något.

Om jag så offrar mig själv så skall jag sätta stopp för dem, tänkte Leila med hårt sammanbitna tänder.

- - - - -

Kapitel 10

Klockan var lite efter fyra på morgonen när det ringde på Ludvigs telefon. Först trodde han att det var något as som ringt fel, men när han hörde att det ringde för tredje gången beslöt han sig för att svara. På grund av att han var precis yrvaken råkade han tappa mobiltelefonen i golvet när han skulle trycka på grön lur. Innan han hittat den i det näst intill kolsvarta sovrummet, slutade det att ringa, som det alltid gjorde efter fem signaler.
När Ludvig tittade vem som ringt, såg han att det var hans syster Leila.
Full av oro ringde han genast upp, men det var upptaget. Ludvig förstod att det var något viktigt, för syrran var inte den som busringde. Första tanken han fick, var att det hänt något tragiskt med deras föräldrar. Vad han visste så var deras pappa frisk, men morsan däremot hade under en längre tid dragits med svår huvudvärk. En massa undersökningar hade genomförts, men hittills hade hon inte fått någon diagnos, vad de visste i alla fall. Emellanåt var hon tvungen att sjukskriva sig flera dagar i sträck och det märktes tydligt att hon själv var orolig för vad det var för fel. Både Leila och han själv visste sedan tidigare att deras mamma inte klagade i första taget och risken var uppenbar för att hon inte berättade hur ont det gjorde. Om hon fått ett tråkigt besked befarade de att hon inte skulle delge dem det heller, utan med egen stark vilja försöka vinna över sina problem, vad än läkarna berättat.
-Hej brorsan, kan Petter och jag sova några timmar nu

på morgonen hos dig? frågade Leila när Ludvig äntligen kom fram.

-Ja, det är klart. Jag har nog inte så mycket till frukost, men de öppnar ju tidigt i snabbköpet. Har ni fått en vattenläcka eller vad är det som har hänt? undrade han.

-Jag kan berätta när vi kommer. Petter handlade igår, så vi har rätt så mycket i kylskåpet för tillfället, så jag tar med en del. Vi dyker nog upp inom en halvtimme då, sade Leila innan samtalet avslutades.

Ludvig reste sig snabbt upp för att röja undan det värsta. Saker som absolut inte var tvungna att göras direkt, blev oftast skjutna på framtiden. Det innebar att diskbänken var full med tallrikar, kastruller och glas. Vid det här laget hade det blivit orört ända sedan Ebba och han tillsammans med Scotten och Lisa varit på en veckas utlandssemester. Stanken i hela köket var påtaglig, och det som kändes mest var lukten från fastbränd ravioli och gamla pirogbitar som börjat anta en grönaktig färg för att de börjat mögla.

På sovrumsgolvet fanns knappt någon yta fri från smutskläder. Tacksamt nog gick det ganska fort att snabbt få undan dem genom att skyffla in allt under sängen.

När det ringde på dörren hade han för länge sedan gett upp hoppet att hinna diska, utan istället inriktade han sig på att gnugga rent vaxduken på bordet.

-Kom in, jag sätter på lite kaffe så får ni berätta vad som hänt. Kylskåpet är tomt som kyrkan, så häv in era grejer på vilken hylla du vill, sade Ludvig när han öppnat åt dem.

-Jaha, vad bra. Jag tog med en påse bullar, ska vi ta

några till kaffet? frågade Leila.

-Ja, det kan vi göra. För min del så är det inte lönt att jag går och lägger mig igen, det är bättre att jag tar mig till jobbet lite tidigare istället.

-Hur fungerar det med arbetet på din arbetsplats nu för tiden, din chef Stefan hamnade väl i fängelse? undrade Petter.

-Hans fru satt med i styrelsen och driver det vidare så länge. På sikt vill hon väl att jag ska ta över, men det känns inte som om det är någon framtidsbransch, så jag vet inte riktigt hur jag ska göra.

Vad var det som hände i er lägenhet inatt egentligen? frågade Ludvig medan han hällde upp det rykande heta kaffet.

Leila berättade lugnt och sakligt vad de varit med om medan Ludvig satt alldeles tyst med förvånad blick. Han förundrades över att syrran varit med om så otroligt mycket den senaste tiden.

- - - - -

Scotten kände att det gick att gå hyggligt raskt trots mörkret och det skadade högerknäet. I början hade det känts fruktansvärt stelt, men efter ett tag hade det gått över. Det som förundrade honom mest nu, var varför högra smalbenet verkade varmare än hans övriga kroppsdelar. Om blodet inte kom fram riktigt borde det väl istället blivit kallare, resonerade han. Efter ett tag slogs han av tanken att såret kanske börjat blöda igen och att det var hans varma blod som sipprade ner från hans provisoriskt förbundna knä.

Mitt på ett krön där månskenet lyste upp grusvägen mellan grantopparna, satte han sig ner för att undersöka högerbenet. Tyvärr visade det sig att hans senaste farhågor hade besannats. Redan innan han fått benet frilagt från sina byxor, kunde han se att blodet flödade igenom tyget ända ner till skon. Om det var av blodförlust eller den äckliga synen som han höll på att svimma visste han inte, men han kände att det inte var långt borta. Med så mycket självbehärskning som han lyckades frambringa, tvingade han sig till att ta djupa och långa andetag samtidigt som han tog av sig sin flanellskjorta och lade som tryckförband. Knuten som gjordes med ärmarna hamnade till slut mitt över såret när han virat runt skjortan några varv, vilket gjorde att det verkade stoppa blödningen. Det enda som kändes tydligt nu förutom smärtan, var att varje pulsslag gav en stöt i knäet, men den känslan var trots allt möjlig att uthärda. För att inte falla i medvetslöshet koncentrerade han sig på andningen och böjde sitt huvud så mycket framåt och nedåt att pannan vilade mot gruset på vägen. Några minuter senare försökte Scotten resa sig för att gå vidare, vilket också lyckades. Stärkt av att han kunde reda ut det hela själv, kände han att hans krafter på något sätt tilltog.

Från sin byxficka tog han fram de sista äppelbitarna och tänkte att de var som en belöning till honom för att han klarat sig så här långt. Faktum var ju trots allt, att han det senaste dygnet fått en skåpbils backspegel slagen i nacken samt att han hoppat ut ur fordonet i cirka femtio kilometer i timmen, vilket gett honom omfattande skador. Under tiden han gick och förgäves försökte få bort en bit äppelskal mellan sina tänder, funderade han på vad han skulle säga till polisen om de snart dök upp. Han visste att Lisa vid det här laget höll på att oroa ihjäl sig, och att hon med all säkerhet hade larmat om hans försvinnande. Att han skuille befinna sig där han gjorde just nu var dock omöjligt för någon att veta, för några sådana spår fanns inte att följa.

En annan sak som slog honom, var vad han skulle säga till Lisa om det som hänt. Att nämna något till henne, polisen eller någon annan att han faktiskt sparkat ihjäl en människa och sedan dumpat honom genom att slänga ut personen från en rullande skåpbil fanns inte utrymme för om han ville leva som en fri man. En vit lögn var vad som gällde om han inte ville tillbringa de närmaste tio till tolv åren på en sluten anstalt.

Ett vagt minne framträdde, där han kom ihåg platsen där han blivit påkörd på väg till sitt arbete. Kunde han bara ta sig dit utan att någon såg honom, borde det gå att få till en trovärdig historia. Möjligheten att han legat avsvimmad just där i diket efter att ha blivit påkörd verkade ju inte helt osannolik, tänkte han. Därmed skulle han kunna hålla tyst om färden i skåpbilen då han med stor säkerhet dödat pappan till två små barn. Problemet var bara hur tusan han skulle kunna ta sig dit utan att bli upptäckt, särskilt nu när han var skadad och dessutom inte hade en aning om var han befann sig.

Plötsligt hörde han en bil närma sig i hög fart. Fordonets ljuskäglor lyste redan upp träd som stod på en höjd en bit ifrån honom. Efter en snabb kontroll hur vägen gick, bedömde Scotten att det vore lämpligast att gömma sig till vänster om vägen för att inte riskera att hamna i bilens strålkastarljus. När han några sekunder senare med extrem smärta tagit sig en bit ut i skogen, började han tvivla på om han tänkt rätt eller om han snart skulle bli fullständigt belyst. Att göra någon ändring nu var dock alldeles för sent, så det var bara att krypa ihop så mycket som möjligt och hoppas att han inte syntes. Visst kunde det tänkas vara ett annat fordon som närmade sig än någon av gärningsmännens, men den tanken förkastade Scotten snart. Mest beroende på tidpunkten på dygnet, men även att det visat sig vara en återvändsväg.

Scotten tog ett djupt andetag och höll sedan andan för att kunna vara blick stilla och på så vis minimera risken att bli upptäckt.

- - - - -

-Du måste ha beskydd dygnet runt och du får se till att hitta någon annanstans att bo tills vi gripit den skyldige! sade Jesper med bestämd röst när Leila kom till arbetet.

-Jag och Petter har flyttat till min brors lägenhet för tillfället. Har vi några spår efter den svarta Audin förresten? frågade Leila.

-Ja, den bilen har hittats utbränd i Södertälje. En sökning på stulna bilar i området kunde möjligen gett oss en liten ledtråd att finna dem. Problemet är bara det, att bara under det gångna dygnet har det stulits minst tjugosex fordon i närheten.

Din bror, var det han som var anställd på TV-firman där Stefan var chef? undrade Jesper.

-Ja det stämmer. Stefan fick ju tolv års fängelse, men hans fru driver företaget vidare så länge. Min bror Ludvig jobbar själv där tills vidare, svarade Leila.

-Okej, skriv ner var han bor och vad han har för telefonnummer på en lapp så ser jag till att det blir bevakning där under eftermiddagen. Var du än befinner dig så får vi räkna med att gärningsmännen ganska snabbt får reda på det, fortsatte Jesper.

-Hur goda chanser tror du vi har att finna den som försökte skjuta mig? frågade Leila.

-Jag räknar med att vi inom några timmar kan ringa in några som förmodligen är inblandade. Mannen som blev påkörd är identifierad och i normala fall är det sannolikt att vi har hans kumpaner i våra register. Visserligen byter de vänner ibland, men det troligaste är att de tillhör samma liga, svarade Jesper.

-Sedan var det ju en man till som blivit utslängd från ett fordon några mil söderut, kan det ha någon koppling till det andra fallet? undrade Leila.

-Det är lite för tidigt att uttala sig om det. Visst kan det vara någon intern uppgörelse, men i nuläget vet jag faktiskt inte något som talar för det, fortsatte hennes chef att berätta.

-Min bror berättade för mig tidigt i morse att hans kompis Scotten tydligen varit försvunnen sedan ett dygn, man undrar om det finns något samband, sade Leila medan hon läste igenom rapporten som skrivits när hans flickvän Lisa gjorde en anmälan.

-Ja, där har vi en pusselbit till att lägga på plats någonstans. Mitt intryck av den personen är att han nog innerst inne har ett gott hjärta, men att han lätt hamnar i dåligt sällskap som leder till en massa skit, sade Jesper.

-Det är säkert en bra sammanfattning som tyvärr stämmer in på ganska många som vi kommer i kontakt med. Vad anser du vi ska göra härnäst för att komma vidare? frågade Leila.

-Vi går och hämtar lite av polismyndighetens kaffe och varsin mandelkubb, så tänker vi bättre, svarade Jesper och reste sig från stolen.

- - - - -

Efter mycket tveksamhet hade Lisa till slut bestämt sig för att gå till jobbet istället för att sjukskriva sig. Hon var ju egentligen inte alls sjuk, utan bara fruktansvärt trött och orolig för vad som hänt Scotten. På väg till sitt arbete försökte hon ett flertal gånger ringa hans nummer, men fick inget svar. Ett tag tänkte hon kontakta polisen igen för att höra om de visste något nytt, men hejdade sig. De hade ju lovat att kontakta henne om de fick veta något, så det hoppades hon att de skulle göra i så fall. På sin lunchrast skickade hon ett textmeddelande till Ebba för att få veta om hon visste något. Det var ju ändå hennes tvillingbror och möjligheten fanns ju att han kontaktat henne för att han kanske i vissa ärenden kände att hon var lättast att reda ut saker med. Tyvärr fick hon till svar att hon inte visste något, utan att hon var lika orolig som övriga, sedan hennes mamma Maria ringt henne.

Plötsligt ringde det på Lisas telefon, precis innan hennes rast var slut. Det var Henrik som berättade att han tidigt på morgonen gått samma väg som han trodde att Scotten tagit när han skulle till jobbet dagen innan. Henrik hade till och med hejdat en del motionärer som såg ut att vara ute dagligen för att höra om de sett Scotten, men ingen kunde minnas att de sett någon som stämde in på beskrivningen.

-Vad betyder det här då?, att ingen sett honom gå till sitt arbete, menar jag, undrade Lisa som kände att hennes hjärna inte riktigt hängde med längre, efter drygt ett dygn i vaket tillstånd.

-Det är ju väldigt svårt att veta. Vi vet ju inte om han fått skjuts av någon som sedan inte släppt av honom vid Allsvets AB. Det kan ju också vara så enkelt att han av någon anledning inte gått på samma gång och cykelväg som han brukar när han ska till jobbet. I vilket fall som helst är det ytterst märkligt att han inte hört av sig, fortsatte Henrik.

-Ja, visst är det och det verkar inte som polisen lägger ner så stora resurser på att hitta honom heller, svarade Lisa med gråten i halsen.

-Jag måste jobba vidare nu, jag har ett kundbesök inbokat om några minuter. I morgon tänker jag gå lite andra vägar som han kan tänkas ha tagit. Jag tar med mig hunden Henrik då med för man vet ju aldrig, han kanske får upp något spår, sade han och försökte låta hoppfull.

-Ja, gör gärna det och lova att höra av dig sedan, även om du inte hittar Scotten, svarade Lisa innan de avslutade samtalet.

Arbetspasset efter lunchen gick rasande fort för det fanns mycket att göra hela tiden. Många kunder passade på att köpa vinterkläder, kanske beroende på att det kändes att luften höll på att bli kyligare för var dag som gick. Själv älskade hon den här tiden på året när löven på träden skiftade färg och det blev möjligt att ha lite mer kläder på sig än under smällheta sommardagar. Nackdelen var att just den här perioden blev hon ofta förkyld och den här hösten var inget undantag. Hennes ögon var rödsprängda, dels av att hon gråtit en del, men även för att hon blivit snuvig med en konstant rinnande näsa på köpet.

Varje gång hon tittade upp från kassa-apparaten sneglade hon mot ingången till butiken, i förhoppning att Scotten skulle komma.

Rejält besviken gick hon hem mot deras lägenhet med tankarna åt det riktigt negativa hållet. Hon hade blivit uppringd av saneringsföretaget under eftermiddagen och då blivit upplyst om att deras bostad var helt i ordninggjord. Trots det var hon ändå ledsen, för ju längre det dröjde innan Scotten hörde av sig, desto större trodde hon risken var att han lämnat henne för någon annan. När hon på håll såg att det var släckt i deras köksfönster, gick hon tillbaka en liten bit för att köpa sig något att tröstäta. I snabbköpet hittade hon en frys-pizza och en flaska cider. Just när hon tog fram sitt kort för att betala, såg hon att de sålde ut stora chokladkakor vid kassan. Med två sådana också, gick hon sedan hem för att göra det bästa möjliga av kvällen tillsammans med sin katt Knasen.

- - - - -

-Jag tänkte ta med mig Henrik efter frukosten och gå en promenad, vill du följa med, för du börjar väl inte förrän klockan tio idag, precis som jag? undrade Henrik när han kom ut från duschen.

-Ja, det är nog en bra idè, jag känner att jag måste rensa hjärnan lite. Vart tycker du vi ska gå? frågade Maria.

-Jag vill gå stora vägen bort till Allsvets AB. Vi vet ju faktiskt inte om Scotten valde den för att kanske kunna få lift med någon för att han kanske var sent ute. Det är väl inte troligt, men man vet aldrig, kanske vi på något sätt lyckas få kontakt med honom. Jag menar, möjligheten finns ju att han lämnat något meddelande längs vägkanten om att han blivit tvungen att göra något, fortsatte Henrik.

-Det låter långsökt, men visst kan du ha rätt. Vi har ju inget annat att gå på, så vi kan ta en promenad. Tyvärr satte jag nyligen på tvättmaskinen, och med tanke på brandrisken vill jag inte att vi går förrän den är färdig om cirka nittio minuter, svarade Maria.

-Ja okej, då väntar vi tills den är klar. Det är förresten bara en vecka sedan en av våra försäkringskunder fick sitt hus övertänt av just en tvättmaskin som tagit eld, sade Henrik innan han drack ur ett stort glas mjölk.

- - - - -

# Kapitel 11

Utan att minska hastigheten det minsta, fortsatte bilen som visade sig vara en pickup, förbi Scotten. Efter vad han kunde se av dem, antog han att det var ett par jägare som hade passerat. Dels såg fordonet ut som en typisk jaktbil, men även deras kepsar och kamoflagejackor talade för det. Om de kom tillbaka om en stund tänkte han hejda dem och be att få hjälp med skjuts in till ett sjukhus. Någon minut senare var han ute på grusvägen igen och fortsatte sin vandring. Efter en lång nedförsbacke såg han en asfalterad och lite större väg korsa den lilla grusvägen han gick på. Hans intuition sade honom att han borde gå till vänster på den, för det kändes mest rätt. Visserligen hade han egentligen inte en aning om var han befann sig, men något hade sagt honom att han vid kidnappningen färdats söderut från Nyköping. Det som talade mest för det, var att han tyckte att naturen där han vistats de senaste timmarna, påminde om hur det såg ut vid Kolmårdens djurpark. Att det var det lämpligaste vägvalet grundade han på att himlen såg något ljusare ut rakt fram, vilket med stor sannolikhet betydde att det var där solen skulle gå upp så småningom.

Efter bara några hundra meter på den belagda vägen, såg han en villa med några uthus intill.

För att hans plan till fullo skulle fungera, var han tvungen att tillgripa ett fordon eller få den som skjutsade honom tillbaka till Nyköping att hålla tyst. Att obemärkt ta sig till platsen där han blivit påkörd, var det som gällde. Just det var nyckeln till att hans berättelse skulle verka trovärdig, spekulerade han.

I en av byggnaderna, som visade sig vara en carport, såg han en moped parkerad. Försiktigt närmade han sig den medan han försökte tänka ut en bra förklaring till vad han gjorde där, om någon ropade till honom och undrade vad han höll på med.

Till sin stora förtjusning hittade han nycklarna hängande på en krok på väggen.

En stor svart intergralhjälm med tonat visir stod bredvid och utan att prova den placerade Scotten den över höger backspegel medan han i det närmaste ljudlöste ledde ut mopeden till vägen.

När han kommit en bit, ställde han den på centralstödet, slet bort registreringsskylten och tog på sig hjälmen. På första försöket startade motorn och han kände genast när han drog iväg att den var trimmad. När han vred gashandtaget i botten besannades hans föraningar, för hastighetsmätaren visade drygt sjuttio kilometer i timmen. För att inte väcka någons intresse, släppte han av lite och därmed lät motorn mindre. Nyköping åttiofyra, stod det på en skylt och Scotten myste för första gången på länge åt att han äntligen verkade ha turen med sig och tack vare det borde kunna fullfölja sin plan.

Att han tyvärr dock resten av sitt liv hade en tvåbarnspappas liv på sitt samvete, var något han försökte förtränga. Hjälmen skavde i pannan lite, vilket efter ett tag blev riktigt irriterande. Även hans händer påkallade hans uppmärksamhet om att de helst velat ha ett par handskar på sig. De här problemen hade dock det goda med sig, att han för stunden nästan glömde bort sin ömmande axel och högerknäet som slutat skicka iväg signaler om smärta hela tiden sedan han inte behövde stödja på benet. Till sin belåtenhet såg han att det var minst tre fjärdedels tank kvar, om nu mätaren stämde. Det borde räcka för att komma hem. Varje gång han tittade i backspeglarna och upptäckte en bil i dem, oroade han sig för att hans mopedstöld uppdagats. Trots att den nu saknade nummerplåt så var det bara att räkna med att den rättmätige ägaren enkelt skulle känna igen såväl moped som hjälm. Att kunna fly in på någon mindre väg eller stig i så fall, var ganska utsiktslöst. Mest för att mopeden var av skotertyp och hade därmed löjligt små hjul som gjorde alla former av körning utanför vägen omöjlig. I sin oro för att snart eventuellt bli upphunnen av den som ägde fordonet, gasade Scotten på för fullt när han inte hade några bilar bakom sig. Vid ett tillfälle trodde han att en civil polisbil lagt sig bakom honom så då gick han ner till under trettio för att kanske förleda dem att det var en klass två moped som han färdades på. Som väl var, om det nu var en snut, så orkade de inte kontrollera om så var fallet och körde till slut om. All nervspänning och den allt tätare trafiken för att morgonrusningen mot Nyköping började komma igång, gjorde att tiden gick exremt fort. Nu var det bara tolv kilometer kvar, och han hoppades att inom kort få bli omplåstrad och få en stadig frukost. Fick han sedan sova ut rejält skulle han snart vara på banan igen. För att inte förfrysa sina händer totalt, styrde han för det mesta bara med en hand. I nedförsbackar stoppade han alltid in högerhanden som han gasade med, underifrån innanför jackan. Trots att hjälmen var försedd med visir kände han att ansiktet var så kallt att han höll på att tappa känseln i det. Genom att göra olika miner och grimaser gjorde han allt han kom på för att försöka motverka stelheten och de jobbiga stickningarna i skinnet.

Sista biten funderade han på var han skulle göra sig av med mopeden. På samma gång som han ville slippa gå för långt till diket där han tänkte lägga sig, så fick det under inga förhållanden uppdagas att han kört en stulen moppe dit. Efter lite funderande trodde han sig minnas ganska säkert att det ungefär mitt emot där han blev påkörd av skåpbilen, fanns ett vattenfyllt dike. Kunde han köra ner moppen där och den inte syntes, vore det nog ingen som misstänkte att han kört dit den, särskilt inte om det fick gå en tid innan någon hittade den. Väl framme stannade han vid kanten och inväntade ett tillfälle då det var helt tomt på trafik från båda hållen. Med ett bestämt gaspådrag körde han ner mot diket och såg till att i sista stund glida av själv för att inte följa med ner i vattnet. En pelare av nästan vit rök steg uppåt när den heta motorn snabbt kyldes av. Oroligt kikade Scotten upp åt båda hållen längs vägen för att se om några fordon närmade sig. Som väl var, så var det ingen på gång som därmed lätt kunnat se röken. När allt verkade lugnt tog han av sig hjälmen och skulle precis slänga den i vattnet där mopeden redan låg, när han kom på en sak. Visserligen kändes hjälmen ganska tung, men tänk om den flyter som en kork av all plast den förmodligen är gjord av! Att den var svart skulle ju knappast hjälpa i så fall, för den blanka ytan kunde säkert reflektera solljuset frampå dagen och därmed synas extremt väl, tänkte Scotten. Efter lite funderande kom han dock på en lösning på problemet som borde fungera. Med en sten stor som en handboll i hjälmen, sänkte han ner den i vattnet och väntade en stund för att säkerställa att den inte flöt upp igen. Det enda som stack upp ur vattnet var lite av styret, men det var så lite att ingen förmodligen lade märke till det. Så snabbt han kunde rusade han sedan över vägen när det var lugnt från trafik igen.

Precis när han lade sig ner och andades ut såg han solens första strålar streta sig upp över en liten höjd längre bort.

Systematiskt gick han igenom vad han hade varit med om och vad han skulle säga när han blev upptäckt. Plötsligt upptäckte han att det glimmade till i gräset en bit ifrån honom. När han tittade närmare såg han att det var trasigt spegelglas, möjligen från backspegeln som knockat honom dagen innan. Bara det kändes som en stor seger, för han anade att det ökade trovärdigheten i hans berättelse radikalt. Förhoppningsvis så pass att han aldrig skulle bli misstänkt för mordet på en tvåbarns pappa, tänkte han.

- - - - -

-Jag ska bara hänga upp tvätten på tork, sedan kan vi gå, sade Maria medan hon gick ner till tvättstugan.

-Det passar bra för jag har just strukit färdigt en massa skjortor jag ska ha på jobbet, svarade Henrik och drog ur kontakten till strykjärnet.

-Tror du vi går raskt eller behöver man ta på sig en extra tröja? undrade Maria.

-Jag tror inte att det sitter ivägen. Det är visserligen fem plusgrader nu, men man får inte glömma att det blåser en kall nordanvind idag, hörde jag på väderprognosen, svarade Henrik.

-Nu är jag färdig att gå snart, sade Maria medan hon tog fram sina walkingskor från golvet i garderoben.

-Bra, jag låter väl hunden lukta på Scottens sängtäcke innan vi går, så kanske han nosar upp var han befinner sig, sade Henrik.

-Ja gör det. Jag har för mig att de kan känna doftspår som är mer än ett dygn gamla, svarade Maria.

-Det var tur att jag tog på mig en tröja, för det blåser kyligt som de sade på radion. Konstigt egentligen, för det såg ju skönt ut när man tittade ut genom fönstret, sade Henrik när de gått en bit.

-Ja, definitivt. Vilken väg tror du Scotten gick här för att komma till jobbet så fort som möjligt? frågade Maria.

-Jag vet inte om han gick genom den lilla parken eller svängde av ett kvarter längre fram. Det är nog ungefär lika långt vilken väg man än tar, svarade han medan plötsligt Henrik drog iväg med honom i kopplet mot parken.

-Antingen känner han väl vittring på Scotten eller så vill han väl lyfta på ett bakben och bevattna ett träd snart, sade Maria och skrattade åt sin man som hade fullt upp att hålla emot när Henrik drog iväg.

-Ska jag också hålla i kopplet, eller går det bra? frågade Maria som hade börjat jogga, trots att hennes knä värkte.

-Jag klarar det själv och han borde väl bli trött snart på att dra så förbannat! Det verkar onekligen som han fått upp ett spår att följa. Hittar vi honom så här är det ju verkligen ett underbetyg åt polisen, för de har ju riktiga spårhundar, sade Henrik andfått.

-Ja, men det är möjligt att de tänkt sätta in det själva snart. Men visst, ju snabbare de sätts in, desto lättare för dem blir det, sade Maria medan de korsade en gata.

-Jag tycker det ligger någon i dikeskanten där framme, ropade Henrik när de joggat drygt en kvart.

-Ja, när du säger det så tycker jag det också. Hoppas att det är Scotten och att han är oskadd, svarade Maria oroligt.

-Det är vår son! Han ligger helt still, men han kanske sover, sade Henrik och sprang så fort han kunde sista biten.

-Jag som drömde om att få kyssas med Lisa, och så kommer en dreglande blodhund och slickar mig i ansiktet, utbrast Scotten och tittade upp.

-Vad skönt att du lever! Hur har du hamnat här? frågade hans mamma och kramade om honom.

-Jag blev påkörd igår när jag var på väg till jobbet. Det ligger bitar från skåpbilens backspegel där i gräset, sade Scotten och pekade.

-Jag ringer ett ett två så vi får hit en ambulans och polisbil fort. Blev du bara skadad i axel och nacke, eller har du ont någon mer stans? frågade Henrik.

-Jag har gjort mig rejält illa i knäet också, så jag har svårt att stödja på det, svarade Scotten och satte sig upp.

-Jag ringer till Lisa så får du berätta själv hur du mår, sade Henrik när samtalet med larmtjänst var avslutat.

-Ja gärna! Min telefon måste jag ha tappat eller så har någon snott den när jag låg avsvimmad, svarade

Scotten.

-Ja det finns ju folk till allt. Den som körde på dig borde väl ha märkt det och stannat och hjälpt dig. Jag menar, han har ju omöjligen kunnat undgå att han kört på dig när till och med spegelglaset gått sönder. Att det finns människor som smiter från sådant är ju oförlåtligt, sade Maria samtidigt som hon bet sig i tungan. Mycket för att det hon just sagt stred fullständigt mot hennes religösa tro som gick ut på att alla kunde få förlåtelse.

-Hej det är Lisa, svarade en bräcklig röst som var orolig för vad Henrik hade att berätta.

-Hej älskling! Jag har blivit påkörd av en smitare när jag gick till jobbet igår, ledsen att jag inte kunnat höra av mig, sade Scotten.

-Är du skadad? frågade Lisa.

-Ja lite i axeln, nacken och bakhuvudet. Någon jävel träffade mig där med sin backspegel. Sedan är mitt högra knä skit också, men jag hör att det är en ambulans på väg nu, svarade Scotten.

-Jag ringer till jobbet och säger att jag inte kommer idag, för jag måste träffa dig, sade Lisa bestämt.

-Det räcker om du hälsar på mig när du slutar, för jag förmodar att de vill operera knäet på mig och då är jag ändå nedsövd, sade Scotten.

-Jaha, jag får prata med min chef. Har hon ingen vikarie att sätta in, så dyker jag upp först efter jobbet då. Jag älskar dig! sade Lisa.

-Jag älskar dig med, det vet du. Nu är polisen och en ambulans här, vi syns, sade Scotten innan han tryckte på röd lur.

-Hann du se vem som körde på dig? frågade

polisinspektör Gröön medan ambulanspersonalen lyfte upp honom på båren.

-I ögonvrån har jag för mig att jag såg en vit skåpbil. Det ligger krossat spegelglas där, sade Scotten och pekade.

-Vet du vem som körde och har du fått fler hot än dem du delgett oss? frågade han vidare.

Jag vet inte vem det var och jag har inte fått fler hot. Min mobiltelefon är stulen eller om jag tappat den på vägen hit. Det är väl möjligt att den som körde på mig plockade med sig den, svarade Scotten medan han lyftes in i ambulansen.

-Vi återkommer under dagen med fler frågor. Jag ska prata med polisledningen om det är aktuellt att du skall ha skydd på sjukhuset tills vi kan utesluta att det var någon slags hämndaktion, sade Gröön innan bakdörren stängdes.

-Du får en smärtstillande spruta av oss, sade ambulanssjuksköterskan när de började rulla iväg.

-Vad tror du, blir det operation av knäet? frågade Scotten oroligt.

-Det vet jag inte, men det jag kan tänka mig, är att de kommer röntga dig så snart vi kommer in till sjukhuset. Beroende på vad de ser då, så får du veta vad som är på gång, svarade hon.

Tankarna bara snurrade i skallen på Scotten. Det hade ju hänt så fruktansvärt mycket den senaste tiden. Emellanåt avbröts hans virriga funderingar av att det skar som knivar av smärta när föraren körde i en vägbrunn eller grop på de dåligt underhållna vägarna. Den smärtstillande sprutan skulle förmodligen inte börja verka förrän de var framme, tänkte Scotten och grimaserade medan tårarna rann. När han öppnade sina ögon och vred huvudet åt sidan, speglades hans smutsiga och sargade ansikte i ett sidofönster. Han tyckte att det såg så illa ut, att han beslöt sig för att ha sina ögon slutna ända tills de var framme.

- - - - -

Kapitel 12

När Leila äntligen kom hem från jobbet hade klockan passerat åtta på kvällen. Det var sedan länge mörkt ute och Nyköping visade upp en av sina stunder som definitivt inte inbjöd till någon kvällspromenad utan mer för ett par timmar framför TV:n. Petter var redan hemma och hade passat på att dammsuga och plocka in ren disk. Det som var kvar att göra innan de kunde ta plats i soffan, var att en del tvätt behövde hängas. Sedan var det bara att plocka fram ett par matlådor att ta med sig till jobbet nästa dag, så var det mesta klart.

-Jag kan fixa tvätten så passar jag på och duscha efteråt, sade Leila när hon äntligen befriat sina fötter från de kraftiga arbetsskorna hon haft på sig hela dagen.

-Ja det går fint! Vill du ha korvgryta med ris imorgon eller föredrar du något annat? frågade Petter och öppnade frysskåpet.

- Det går bra med vad som helst, för när jag käkar på jobbet har jag oftast hunnit bli vrålhungrig. Därmed är jag inte så kräsen utan kan äta i stort sett vad som helst, svarade Leila.

-Bra, då tar jag fram det och ställer i kylskåpet så de hinner tina lite. Vad vill du ha nu då, går det bra med äppelpannkaka med sylt? undrade Petter medan han laddade kaffebryggaren.

-Det skulle sitta kalasfint! svarade Leila.

När hon stängde av kranen efter att ha duschat, hörde hon äggklockan ringa, för att det var färdigt i ugnen.

-Du behöver inte jäkta, den är alldeles för varm att äta

de närmaste tio minuterna, ropade Petter från köket.

-Okej, det blir nog lagom, svarade Leila och började torka sig.

-Du kanske vill ha lite vaniljglass till, sade Petter när de en stund senare satt sig vid bordet för att äta.

-Det är gott ändå, men visst skulle det sitta perfekt med glass till! Jag tar fram ett paket, svarade Leila och reste sig upp från stolen.

-Det var bara skit på TV:n ikväll, så vi får nog titta på en film istället, sade Petter när de ätit färdigt.

-Ja det kan vi göra. Bara den inte är för lång för jag känner att jag blev ganska slö efter den varma duschen och den goda kvällsmaten.

-Vi dricker ju lite kaffe snart, så då kanske du kvicknar till, sade Petter och dukade av bordet.

Mitt i filmen märkte Leila att hon fick allt svårare för att hålla ögonen öppna för att se filmen som hon redan glömt vad den handlade om och vad den hette.

-Vi kan gå och lägga oss, sade Petter.

-Ja, vi får nog göra det för jag håller visst på att somna, svarade Leila och gäspade.

Lite senare när hon sträckte ut sig mellan de svala lakanen kände Leila att hon piggnade till något. Inte så mycket att hon ville stiga upp igen, utan bara tillräckligt för att hjärnan skulle börja sätta igång att grunna.

Inom sig kände hon en fruktansvärd oro, som med tanke på vad som hänt de senaste dagarna borde kunna härledas till det. Men ju mer hon funderade, så kom hon fram till att det var något som hon kände på sig skulle hända i framtiden som var grunden till det hela.

Riktigt vad det var kunde hon inte sätta fingret på, men

det var helt klart något obehagligt som väntade.

Att nattsömnen varit allt annat än god, förstod hon genast när larmet ringde och det var dags att stiga upp. Hela huvudet kändes tungt, ungefär som vid en ordentlig bakfylla. Visserligen hade hon knappast druckit så mycket någon gång att hon egentligen visste hur det kändes, men hon kunde tänka sig att det var precis så här.

-God morgon älskling, sade Leila lite tillgjort till Petter som just öppnat sina ögon.

-Morrn sötnos! Är det redan dags att gå upp? frågade Petter och vek ner sitt täcke under sina armar.

-Ja det är inget att välja på. Jag får ta en snabbdusch så att jag vaknar ordentligt. Är du snäll och sätter på lite extra starkt kaffe till frukost? frågade Leila medan hon klev upp från sängen.

-Inga problem, det kan jag göra för du börjar väl en timme före mig. Jag kan duscha efteråt, svarade Petter. Leila var tacksam för att hennes cykelbelysning fungerade felfritt när hon en halvtimme senare var på väg till jobbet. Inte bara för att det var lag på det, utan för att det räddade henne från att köra i ett stort hål i cykelbanan. Just där var en gatlampa trasig, och hade hennes ledlampa inte lyst upp platsen tillräckligt, så hade det förmodligen resulterat i att hon cyklat omkull. Fick hon tid över under dagen så skulle hon ringa kommunens gatukontor och be dem laga hålet innan någon gjorde sig illa, tänkte hon när hon kom fram till polisstationen och ställde ifrån sig cykeln.

-Tjena Leila, allt väl? hojtade hennes chef när hon klev in.

-Godmorgon Jesper. Jo, det är väl ganska bra. Visst hade jag önskat att jag kunde sovit lite bättre inatt, men annars är det kanon, svarade Leila samtidigt som hon gjorde allt för att se pigg ut.

-Det vore väl egentligen konstigt om du gick oberörd igenom allt du varit med om den senaste tiden. Vill du snacka med mig eller en psykolog om det så säger du till, det vet du, sade Jesper och tittade allvarligt på henne för att visa att han menade allvar.

-Ska jag vara ärlig så är det framtiden jag känner mest oro inför. Det kanske låter synskt, men jag känner på mig att något hemskt kommer att hända. Jag vet inte vad det skulle kunna vara, men det är precis som om det otäcka bara precis har börjat, svarade Leila medan hennes panna veckades.

-Sådant där ska man inte nonchalera. Ödet om vad som kommer att inträffa, kan man ju dessvärre inte själv påverka det minsta. Möjligen att man bör undvika att utsätta sig för onödiga risker, men vill det gå på tvären så gör det nog så i alla fall, svarade Jesper.

-Jag vet att du har rätt, men jag kan ju inte sjukskriva mig och stänga in mig bara för det. Har det hänt något nytt sedan vi gick hem igår? undrade Leila.

-Tja, det jag kom att tänka på först nu när du frågar, är väl att Scotten kommit tillrätta. Enligt honom själv, så har han blivit påkörd av en smitare när han var på väg till jobbet för ett och ett halvt dygn sedan, sade Jesper.

-Ojdå! är han svårt skadad? frågade Leila.

-Jag vet inga detaljer, men vad jag hört så blev han visst opererad i ett knä igår. Det var visst en mindre skåpbil som träffat honom i nacken med sin högra ytterbackspegel. Han var kvar för observation inatt, men de skickar väl hem honom under dagen, fortsatte Jesper.

-Det var väl tur att han inte blev svårare skadad. Det kunde ju till och med varit så att han dött av påkörningen! Tror du att det har något samband med hoten han fått under senaste tiden? sade Leila och såg frågande ut.

-Ja, det kunde gått riktigt illa för honom. Tyvärr har vi inga vittnen till händelsen som kan berätta vem som smet från platsen. Om det hänger ihop med hoten han fått, så kan vi inte utesluta det. Som vanligt har vi för lite resurser att sätta in för att skydda honom. i det här fallet går du ju helt klart före eftersom du blivit beskjuten, sade Jesper.

-Ja men jag är i alla fall beväpnad, försvarade Leila sig med.

-Både du och jag vet, att vill någon verkligen åt oss så är det en klen tröst att vi bär vapen, svarade Jesper med en ton som gjorde att Leila kände att det inte var läge att argumentera för sin ståndpunkt längre.

-Vet du om det kommit in mer fakta om dem som brände upp Audin i Södertälje? frågade Leila för att byta samtalsämne.

-Det vi har att gå på, är att bilen är fotograferad vid en fartkontrollskamera några timmar innan den sattes i brand. Både föraren och framsätespassageraren syns tydligt på bilden och det görs just nu en analys av om de finns med i vårt brottsregister, vilket väl är ganska troligt, sade Jesper med ett leende.

-Så dem borde vi kanske kunna gripa snart, jag menar om det är några vi känner igen sedan tidigare, fortsatte

Leila med undrande blick.

-Vi har fått identiteten fastställd på den du körde på. Jag höll på att kontrollera i våra register vilka han umgåtts med den senaste tiden innan du kom, berättade Jesper.

-Vill du att jag ska hjälpa till med att söka så går det fortare? frågade Leila.

-Ja det kan du gärna göra. Jag har ett par rapporter som behöver skrivas för att lämnas in snarast, så det skulle underlätta. Tyvärr är det inte säkert att vi griper några gärningsmän bara för att vi får reda på vilka de är. De här grabbarna är så slipade att de inte bryr sig om att de är efterlysta, för de kan hålla sig gömda eller fly någonstans så vi aldrig hittar dem, fortsatte Jesper medan han lämnade över sin stol vid datorn till Leila.

- - - - -

Redan klockan sex på morgonen hade en sköterska väckt honom för att tempen skulle tas. Yrvaken hade Scotten frågat om han hann med att duscha innan det var dags för frukost, vilket skulle gå bra. Förutsättningen var att han kunde klara sig själv, för det fanns ingen personal som kunde hjälpa honom.

Scotten njöt av att känna de varma strålarna rinna ner längs sin kropp och såg fram mot att snart få i sig något att äta. Knäet kändes stelt efter operationen, men det var ett skydd runt gipset som tydligen skulle stå emot vatten. Tack vare att han var ung och hyggligt vältränad gick det bra att även tvätta fötterna trots att han stod med raka ben. Att få ta på sig rena kläder som Lisa haft med sig kvällen innan till honom var också en stor fröjd. Scotten förundrades över att så enkla och banala saker kunde vara så upplyftande efter bara några dagar utanför det som skedde till vardags.

-Kan du ta dig ut till matsalen och äta frukost, eller vill du ha den till salen? frågade samma sköterska som kontrollerat om han hade någon feber.

-Jag kan hoppa dit med mina kryckor, svarade Scotten medan han försiktigt försökte dra på sig en tröja över den svullna axeln och nacken.

-Du verkar frisk för övrigt, men du får höra av läkaren runt klockan nio när han går ronden om det är dags för dig att åka hem, sade sköterskan innan hon rusade iväg till nästa patient.

Scotten tänkte precis svara men såg att hon redan hunnit lämna rummet, så han lät bli för hon skulle inte höra det ändå.

Frukosten var bland det mest smaklösa han någonsin ätit, så han såg fram emot att få komma hem och käka det han var van vid.

-Jag skriver ut ett recept med värktabletter till dig. Om tre veckor blir det återbesök då vi plockar bort gipset och kontrollerar att allt är som det ska, sade läkaren med brytning.

-Kommer jag att kunna gå som vanligt sedan? frågade Scotten oroligt.

-Det bör du kunna göra inom ett par månader. Så länge det inte gör ont när du sätter ner högerfoten så vill jag att du gör det. På så sätt håller du igång dina muskler, fortsatte han innan han lämnade salen.

-Har du någon som kan hämta dig? frågade en sköterska medan han lade ner sina få tillhörigheter i en plastpåse.

-Jag ska ringa farsan och höra med honom. Har han

inget kundbesök inbokat kommer han nog direkt, svarade Scotten som såg fram emot att få komma hem igen. Det enda som bekymrade honom för tillfället var vart hans telefon hade tagit vägen. Om pappan han knuffat ur skåpbilen hade den på sig, skulle det bli väldigt svårt att förklara för polisen hur, den hade hamnat hos honom. Även om den låg kvar i skåpbilen kunde det ställa till en massa för honom om den spårades.

Samtidigt som han lät signalerna gå fram till Henrik, såg han en polis komma fram till receptionsluckan där han själv stod och lånade en fast telefon.

-Saknar du din mobil? frågade Gröön och höll upp Scottens telefon.

-Ja, det gör jag. Var har ni hittat den? frågade Scotten med osäker röst.

-Den hade du tappat i diket när du blev påkörd, svarade Gröön med ett leende och sträckte fram den till honom.

-Tack så mycket! Skönt att den inte var förstörd, fortsatte Scotten.

-Får du åka hem nu eller vad är det som är på gång? undrade polisinspektör Gröön.

-Ja nu är det dags att åka hem och se om lägenheten är okej igen. Vår hyresvärd har bytt ut låset till ett säkrare och nyckeln hade Lisa med sig igår kväll, sade Scotten medan signalerna fortsatte att gå fram till hans pappa.

-Jag kan skjutsa hem dig för jag åker ändå den vägen, sade polisen och tog hans kasse.

-Ja det vore schysst. I normala fall är det ju inte längre än att man kan gå, men med kryckor blir det i jobbigaste laget, svarade Scotten och började hoppa efter Gröön på sina kryckor.

-För säkerhets skull följer jag med dig upp till er bostad, i fall det är någon typ som väntar på dig, sade inspektören eftertänksamt.

-Ja, det kanske är bäst. Som det är nu kan jag ju knappast springa ifrån någon, svarade Scotten som just när han kunnat släppa problemet med sin borttappade mobiltelefon, fått ett värre hot mot sig. Tänk om de gett sig tusan på att jag inte skulle leva längre, var en mening som skavde runt i hans hjärna under tiden de åkte hem till lägenheten.

-Jag går förresten först upp och kontrollerar så att allt är lugnt, sade Gröön.

-Javisst, här är nyckeln, svarade Scotten medan han tittade upp mot deras fönster.

Efter fem minuter kom han ner igen och berättade att allt var som det borde.

Det första Scotten gjorde när han kommit in och låst om sig, var att sätta sin mobiltelefon på laddning. Sedan skickade han ett textmeddelande till Lisa och sin mamma där han skrev att han var hemma och tänkte sova resten av dagen, bara han fick äta något först.

En halvtimme senare och med fyra Gorbys piroger i buken somnade han på deras säng, tacksam för att det inte gått värre för honom.

- - - - -

Kapitel 13

Leila hajade till när hon hörde att det plötsligt kom ett mail på Jespers dator där hon satt och jobbade.
-Ska jag öppna det och kontrollera vad det gäller? frågade hon.
-Ja det kan du göra, svarade Jesper utan att lämna sin blick på papperen som han höll på att fylla i.
-Jaha, enligt obducenten är det nu fastställt att personen som hittades på grusvägen har bragts om livet. Det anade vi väl redan innan, men rent teoretiskt kunde han ju åkt som passagerare på en motorcykel och helt enkelt ramlat av, sade Leila.
-Det ärendet hamnar på vårt bord också då. Är du säker på att du orkar arbeta vidare för fullt trots att du körde ihjäl en människa häromdagen? frågade Jesper och tittade upp.
-Som det känns nu ska det inte vara några problem svarade Leila, med lite fördröjning. Dels ville hon tänka efter själv hur hon kände sig, men även för att hon tyckte att ordvalet var burdust av hennes chef.
-Är det så att du tvekar är det bättre om du säger ifrån med en gång för då måste vi få extern hjälp till avdelningen, fortsatte Jesper förtydligande.
-Precis som jag sade, så orkar jag nog med även det här. Det kan till och med vara det bästa för mig, att ha fullt upp menar jag, lät hon Jesper höra.
-Bra, då kör vi på det, svarade Jesper medan han tog fram sin telefon för ett inkommande samtal.
Under tiden han lyssnade, reste han sig upp och

kontrollerade sitt vapen.

-Ta fram våra skottsäkra västar, det är bråttom! befallde han innan han ens hört färdigt om vad som hade hänt.

-Ja visst, svarade Leila och gjorde som hennes chef sagt.

-Det pågår ett nytt rån mot samma uttagsautomat som sist, fort iväg! skrek Jesper och började rusa ut från sitt kontor så snabbt att han rev omkull en besöksstol som stod i vägen.

-Jag kommer! sade Leila medan hon tog på sig sin väst under tiden hon sprang med.

Den här gången ska de inte komma undan, vrålade Jesper och körde som en besatt för att hinna fram innan rånarna lämnade platsen.

-Har de redan hunnit sätta dit en ny automat, menar du? undrade Leila.

-Ja det har de tydligen. Dessutom är den förstås fylld med extra mycket pengar nu när folk inte kunnat nyttja den på ett tag, svarade hennes chef ivrigt.

-Där framme står förmodligen deras flyktbil, ska vi inrikta oss på den eller rånarna? frågade Leila.

-Vad som är bäst vet vi tyvärr först efteråt. Det är ju möjligt att de har en bil till i reserv som väntar på dem, och om de ser att vi är här så tar de den andra. Men spontant känner jag att det är här vi ska försöka ta dem, fortsatte Jesper medan han bromsade in häftigt och öppnade sin dörr redan innan bilen stannat.

-Ser du om det sitter någon bakom ratten? ropade Leila som var en bit efter.

-Jag tror det, för motorn är igång. Men det är så mörktonade rutor att det är svårt att se, sade Jesper.

-Gå inte fram för nära så att han upptäcker dig, det är väl bara att räkna med att personen är beväpnad och tänker skjuta om de blir trängda, sade Leila oroligt.

-Det har du förmodligen fullständigt rätt i. Nej, så dum är jag inte så att jag tänker offra mitt liv bara för att rädda bankens pengar, sade Jesper och tog skydd bakom ett stort cementhinder. Det var ett sådant som skulle hindra terrorister från att köra in på gågatan, vilket skett på många platser den senaste tiden. Det var bara fem meter kvar till bilen som var snarlik det fordon som använts vid det senaste rånet för bara några dagar sedan, tänkte han vidare.

-Jag tar skydd bakom en pelare här, väste Leila samtidigt som hon försökte vifta bort nyfikna människor som inte visste hur riskfyllt det var att vistas på platsen för närvarande.

-Bra, meddela mig om du ser när de kommer med rånbytet, jag har en soffa och en papperskorg som delvis skymmer sikten för mig, befallde Jesper.

-Ja det gör jag, svarade Leila precis när några skott hördes, med all säkerhet var det för att skrämma bort folk, tänkte hon.

-De borde vara här inom några minuter, gör dig beredd, fortsatte Jesper innan han anropade stationen och bad om förstärkning till platsen, samt vägspärrar ut från Nyköping på så många platser som de kunde mobilisera.

-Jag är så rädd att något skall hända, det var nog det här jag kände på mig förut, utbrast Leila medan hon kände att några tårar började rinna på hennes kinder.

-Skärp dig nu för helvete! Är du ofokuserad så riskerar

du både ditt eget och andras liv. Om de är beväpnade och siktar på oss, så måste du se till att skjuta dem innan de skadar oss! sade Jesper med bestämd ton.

-Ja, jag vet. Men det är inte säkert att jag klarar det, fortsatta Leila.

-Som sagt, du vet vad som gäller. Så sent som för en halvtimme sedan frågade jag om du skulle vara kvar i utomhustjänst eller om du ville hålla dig inne, kanske till och med bli sjukskriven. Det hade varit fullt naturligt att göra så, men nu har du gjort ett val som du får stå för. sade hennes chef med ilsken röst.

I ren ilska kände Leila hur gärna hon ville gå fram till sin chef och slå honom hårt på käften. Han hade retat upp henne så totalt med sin trångsynthet och brist på empati, att det fullkomligt kokade inom henne.

Några sekunder senare, innan hon omvandlat sina tankar till handling, insåg hon hur förbannat rätt han egentligen hade i det han sagt. Med hårt sammanbitna tänder och fumligt avtorkade kinder intog hon skottposition och siktade mot det håll som rånarna antogs komma.

Längre bort på gatan kunde hon se och höra folk som skrikande skyndade sig in i butiker för att ta skydd.

-Jag ser två maskerade personer med pistol komma nu. Båda har en bag med sig, sade Leila.

-Låt dem komma närmare innan du säger till dem att stanna, sade Jesper.

- - - - -

-Hej älskling, har du sovit gott sade Lisa när hon kom hem till Scotten.

-Hej, du må tro att jag har saknat dig! utbrast han när

han såg vem som kommit in i sovrummet.

-Har du sovit ända tills nu? frågade Lisa förvånat.

-Ja, tydligen har jag det. Så lite som jag kunnat sova innan jag kom till sjukhuset tror jag aldrig att jag har varit med om. Sedan att jag fått en massa smärtstillande tabletter gör säkert sitt till att jag känner mig så trött, svarade Scotten och satte sig upp och kramade Lisa som satt sig bredvid.

-Då kanske det är bäst att du får sova ett tag till, sade Lisa retfullt och knäppte upp sin blus.

-Nej, det behövs nog inte alls det. Dessutom sade läkaren till mig att gymnastisera så mycket som möjligt för att hålla igång muskulaturen, svarade Scotten medan han drog av sig sin tröja.

-Ja men är du säker på att du klarar av det nu när du är gipsad? undrade Lisa och log mot honom.

-Du ser väl att det är mitt knä som är gipsat och inget annat! utbrast Scotten medan han fortsatte att ta av sig kläderna.

Trots att det var det bästa som fanns att få älska med Lisa, så kände han att han inte riktigt kunde koppla bort allt som hänt. Så fort han slöt sina ögon såg han syner av den döde tvåbarnspappan. Vad han skulle göra åt det hade han ingen aning om, lika lite som han visste vad han skulle svara Lisa om hon började fråga en massa om vad som hänt.

-Du borde kanske ringa Ludvig och din syster och säga att du är hemma igen, sade Lisa en stund senare.

-Ja, jag vet att de nog förväntar sig det. För stunden känner jag inte att jag orkar svara på en massa frågor, så jag tror jag väntar lite med det, svarade Scotten.

-Ja det är klart. Vill du att jag ska berätta det för dem istället? frågade Lisa.

-Nej det behöver du inte för jag kan skicka ett textmeddelande till dem så länge, och ringa dem någon annan dag. Du förstår, så fort jag ska tala om vad som skett sedan jag blev påkörd så rivs allt obehagligt upp igen och det känns så jäkla jobbigt, sade Scotten.

-Okej, men på samma gång måste du väl inse att jag och dina vänner frågar dig av den enkla anledningen att vi bryr oss om dig? fortsatte Lisa.

-Ja men ni får ge mig lite tid först att bearbeta skiten själv. Det räcker med att snuten är på mig och frågar om allt möjligt, sade Scotten och vände sig bort från henne som ett tecken på att han absolut inte ville snacka mer för tillfället.

-Jag går och gör lite fika, vill du ha får du komma upp om en stund, sade Lisa och gick ut från sovrummet, lite sur för att hennes pojkvän inte ville prata med henne.

- - - - -

-Lägg ner era vapen! skrek Leila bestämt till de maskerade personerna när de bara var några meter ifrån henne.

-Det kan du drömma om, svarade den ena medan han blixtsnabbt drog till sig en kvinna i sjuttioårsåldern och höll henne framför sig.

Den andre gärningsmannen gjorde likadant fast med en tjej som snart borde vara i tonåren.

-Släpp dem och lägg ner era vapen! sade Leila men insåg att hennes förhandlingsläge hade försämrats högst påtagligt.

-Visst kan jag släppa kärringen, men då tar vi med dig

istället, svarade den förste samtidigt som han pekade med sin pistol mot Leila.

-Släpp henne då och ta mig, svarade Leila utan att riktigt hinna tänka igenom vad det kunde medföra. Inom sig hoppades hon att det inte var samma personer som genomfört rånet som skett i lördags. Om det nu oturligt nog var det, bad hon tyst för sig själv att de inte kände igen henne. Med lite otur hade de fått reda på vem som kört ihjäl en av deras kumpaner och då kunde hon inte räkna med att komma levande ur det hela.

-Lägg ner ditt vapen och sätt på dig dina handbojor! sade mannen samtidigt som han föste iväg kvinnan.

-Släpp flickan också! sade Leila samtidigt som hon gjorde som hon blivit tillsagd.

-Det kommer inte på fråga! in med er där, sade den andre och pekade på den väntande bilen.

-Flickan får ni inte ta med, hon är ju bara ett barn! skrek Leila.

-Då kanske dina kollegor begriper att de inte ska förfölja oss, svarade en av dem medan han knuffade in dem i bilen.

-Hon riskerar ju att bli förstörd för livet om ni tvingar med henne! Jag ber er, låt henne vara! fortsatte Leila.

Till svar fick hon bara ett rått hånskratt, innan föraren med en rivstart drog iväg med dem.

Kvar vid cementklumpen som föreställde ett får, låg hennes chef och försökte tänka ut nästa drag. Ett tag hade han tänkt ingripa, men läget hade helt förändrats när kvinnan och flickan tagits som gisslan.

-Var är min dotter? skrek hennes mamma hysteriskt när hon började ana vad som hänt.

-En av mina kollegor är med henne, svarade Jesper i ett försök att lugna mamman.

-Vi sprang åt var sitt håll när vi såg de beväpnade männen. Men varför hindrade ni dem inte? skrek mamman anklagande.

-Jag bedömde att det var bäst att ta ett steg tillbaka, särskilt för er dotters skull. Hade jag försökt att hindra dem från att fly är jag säker på att det kunde gått riktigt illa, svarade Jesper.

-Hur kan ni vara så säker på det? Jag bara säger er det, att om det händer Esther något, så kommer jag aldrig att förlåta er! fortsatte mamman.

-Det kan jag försöka att förstå. Får jag be er att prata med polisinspektör Gröön som kommer i polisbilen där borta, för vi behöver era kontaktuppgifter samt lite mer fakta om Esther, svarade Jesper.

-Vad vill ni veta om henne som är så viktigt? undrade hon.

-Det är bra om vi vet om hon måste ta någon medicin för något exempelvis, sade Jesper och fasade lite för hur mamman skulle reagera när Gröön kom till frågan om vilken blodgrupp Esther tillhörde.

-Jag går bort och pratar med honom och hoppas att det är mer stake i honom än i dig, fräste mamman.

-Nytt läge för er som är vid vägspärrarna, de har Leila och en flicka i tolvårsåldern som gisslan med sig! Låt dem passera och bekräfta att ni hört det här meddelandet! sade Jesper när han tryckt in knappen på sin kommunikationsradio.

Lite senare när han kommit tillbaka till polisstationen, följde han var Leila höll hus någonstans. Sedan ett halvår hade alla poliser en spårsändare på sig som hela tiden visade var de befann sig. Precis som han förmodat, var hon på väg norrut från Nyköping. Följde gärningsmännen sitt tidigare mönster så var det säkert dags för dem att byta flyktfordon snart.

Tusan också att Leila kunde känna på sig det här. Bara det inte händer Esther och henne något, tänkte Jesper och bad inom sig att det hela skulle få ett lyckligt slut.

- - - - -

-Förlåt om jag lät arg förut, det var inte meningen, sade Scotten när han kom ut från sovrummet.

-Ja okej. Det var väl inte bara ditt fel att det blev lite tråkigt, jag kan förstås inte på långa vägar sätta mig in i vad du fått stå ut med sedan skåpbilen körde på dig, sade Lisa och gick fram och kramade Scotten.

-Har du till och med köpt med gott fikabröd, nu får jag ju verkligen skämmas ännu mer, sade han när han fick se brödfatet som ställts på köksbordet.

-Det är inget märkvärdigt, men jag tyckte vi skulle ha något smaskigt till kaffet när du kom hem från sjukhuset, svarade Lisa.

-Vad du är omtänksam, tack för att du finns! Jag måste bara ringa min chef på Allsvets AB och höra om han tycker att det finns något för mig att göra där, eller om jag behöver gå hemma i flera veckor.

-Ville inte läkaren att du var sjukskriven tills du blev av med gipset? undrade Lisa.

-Han tyckte att min arbetsgivare och jag fick bestämma det tillsammans. Det största problemet för mig som jag ser det, är att ta mig till och från arbetsplatsen, fortsatte Scotten.

-Ja men det kan väl aldrig vara bra att överanstränga knäet innan det är helt läkt, det säger ju sig självt, sade Lisa.

-Jag får höra vad han säger, kan han ordna så att jag får skjuts fram och tillbaka tills jag blivit av med kryckorna, så jobbar jag gärna. Dels kan jag ändå inte göra så mycket annat hemma och dessutom behöver vi pengarna, Fortsatte Scotten och letade upp "Bossen" i sin telefonlista.

-Okej, gör som du vill, jag häller upp kaffet medan du pratar med honom. Se till att du inte behöver jobba i helgen bara, för då tänkte jag att vi kunde bjuda hit Ludvig och Ebba på lite käk. Jag vet att din syster kommer hit från Norrköping i helgen, så det kanske kan passa bra, eller vad tycker du? frågade Lisa.

-Jo det blir säkert kanon. På lördag ska Ludvig och jag dela på en stor flaska whiskey i så fall, för det är jag riktigt sugen på, sade Scotten precis innan "Bossen" svarade.

- - - - -

# Kapitel 14

Esther hade suttit och gråtit hela vägen sedan de tvingats in i bilen som såg ut som en mindre skåpbil, fast hade fönsterrutor även i lastutrymmet som var tonade. Hon satt så nära Leila som möjligt, men hade hittills knappt sag ett ord. Antagligen var Esther uppfostrad så, att hon inte skulle börja prata med helt främmande människor, även om det var en polis, tänkte Leila. Plötsligt svängde föraren in på en avfartssträcka och bromsade in.

Med lätt höjda ögonbryn och en undrande blick tittade Leila mot en av de maskerade gärningsmännen för att få honom att uttala sig om vad som var på gång.

-Ni får allt sitta kvar ett tag till, för det är inget fordonsbyte på gång. Vi tänker skaka av oss dina kollegor ändå, berättade han och skrattade.

-Kan ni inte släppa flickan nu åtminstone? frågade hon.

-Nej, det blir inget med det förrän vi är säkra på att vi inte blir förföljda, fortsatte han medan han kliade sig lite på hakan under rånarluvan som var nerdragen ända till halsen.

Leila brydde sig inte om att fråga hur de tänkt sig att skaka av sig hennes kollegor. Om de inte visste att hon kunde spåras genom sin spårsändare, skulle de väl bli varse det så småningom, tänkte hon och log.

Lite längre fram i utkanten av rastplatsen som de åkt av vid, såg hon en hästtransportbil som var försedd med en stor ramp där bak. När de kom närmare fällde någon ner den så att de precis kunde åka in där. Så fort föraren kört intill väggen där fram, stängde han av motorn och Leila såg att det blev rejält mörkt när någon av deras medhjälpare fällde upp rampen där bak igen.

-Nu lär de inte kunna följa din spårsändare längre, för det ligger en tjock stålplåt i tak och väggar på det här fordonet, sade han som kört dem.

Bara några sekunder senare var de på rull igen och Leila undrade när skräckfärden skulle ta slut.

-Vad har ni för planer för oss? frågade Leila som kände att hon både behövde uppsöka en toalett och började bli hungrig.

-Det dröjer ett tag. Förresten, vet du vad det var för ett klantarsel som körde ihjäl min kusin häromdagen på en grusväg utanför Nyköping? frågade den andre som hade skägg utstickande under sin luva.

-Om jag visste vem det var, så skulle jag aldrig berätta det för dig, svarade Leila besämt.

-Det kanske var du då. Ska nog fundera ut något sätt så jag får dig att tala om vem som gjorde det, fortsatte han.

-Det är ingen idè, för jag kommer aldrig att säga vem det var. Din kusin får väl skylla sig själv, det var inte mer än rätt åt honom, svarade Leila men ångrade sig direkt. Risken var påtaglig att hon redan sagt så mycket, att de antingen anade att det faktiskt var hon, eller genom hot kräva att hon avslöjade vem som kört ihjäl honom.

-Om du inte erkänner att det var du, så dödar vi flickan! skrek skäggmannen och drog fram en stor kniv.

-Sluta nu, hon är ju helt oskyldig! Ni får inte göra henne illa! svarade Leila desperat och kände att hon helt höll på att tappa kontrollen över situationen.

- - - - -

Några mil därifrån satt hennes chef och såg förbrylllad ut. De senaste minuterna hade det inte gått att se var Leila befann sig.

Först trodde han att det var något fel på hans utrustning, men när patrullerna som följde efter på en halvmils avstånd berättade att de också tappat kontakten, förstod han att de på något sätt blivit lurade.

-Kör in på avfarten där vi såg senast att hon var, de måste ju finnas där! ropade Jesper ut till de som följde efter.

-Vi är redan på plats och här finns ingenting som ens tyder på att de varit här. Just nu står det bara ett par utländska lastbilar här med fördragna gardiner, fick han till svar.

-Vi måste se till att hitta dem! Ni har ju fått veta både fordonsmodell och registreringsnummer på bilaset de flytt i. En patrull kör norrut och den andra åt söder för att komma ifatt dem. Full gas är vad som gäller, de har en flicka och Leila med sig! skrek Jesper för att förtydliga att det var ett ytterst allvarligt läge.

- - - - -

-Det blir nog bra, jag börjar jobba igen på måndag nästa vecka. Jag kommer att få skjuts av chefen själv när jag börjar och av en medarbetare när jag ska hem, sade Scotten nöjt när han avslutat samtalet.

-Bara du känner att du orkar med det, för du ser ju faktiskt ganska risig ut. Dels hoppar du på kryckor och är svullen om nacken som en gammal gorilla. Dessutom syns det ju tydligt att du fått ta emot rejält med stryk, särskilt blåtiran i ena ögat säger ju en hel del, svarade Lisa.

-Det är väl inte så farligt, du ska veta att det värker egentligen inte någonstans i kroppen på mig. Det kan förvisso bero på att läkaren gett mig riktigt bra smärtstillande tabletter, svarade Scotten och skrattade.

-Skönt att det är några dagar dit, i alla fall. Då borde du ju hinna repa dig en del till nästa vecka, sade Lisa medan hon dukade av köksbordet.

-Sömnen jag fått sedan jag kom hem var helt klart välbehövlig, men nu känner jag mig utvilad och skulle gärna vilja gå och se en bra film på bio, vad säger du om det? undrade Scotten.

-Det orkar jag tyvärr inte. Du får ursäkta om jag låter tråkig, men jag har inte heller sovit ett skit när du varit försvunnen. Dessutom har jag jobbat hela dagen och är allt annat än pigg, svarade Lisa och lade sitt huvud lite på sned.

-Jag tänkte inte så långt att du också har lidit av det här, förlåt mig. Vill du se någon film hemma här istället då? undrade Scotten.

-Jo, det är en helt annan grej så det ska nog gå bra. Men det är en sak som jag vill att du förklarar för mig innan, om du vill. Den som körde på dig, om det var med flit så är det väl stor risk att han försöker skada dig eller mig igen, eller vad tror du? frågade Lisa.

-Det kan man väl inte helt utesluta, men det är inget som jag går och oroar mig för direkt. Antagligen var det väl någon jävel som satt och fibblade med sin mobiltelefon och inte såg att jag gick på vägkanten. Jag får ju faktiskt skylla mig själv också en hel del, för jag syntes nog knappast alls, utan reflexer eller ljusa kläder. Dessutom gick jag ju på fel sida av vägen med, förklarade Scotten.

135

Inom sig visste han att han ljugit en hel del den senaste tiden, eller åtminstone undanhållit vissa saker och inte berättat allt.

-Ska vi kanske sätta på en film redan nu? I och med att vi precis har fikat så känns det som om vi behöver vänta ett par timmar innan vi äter kvällsmat, undrade Lisa.

-Det verkar vettigt, jag ska bara in på toaletten en sväng, svarade Scotten och hoppade iväg från köket på sina kryckor.

- - - - -

Nå, vem körde ihjäl min kusin? frågade mannen igen och passade på att låta Leila se sitt ansikte speglas i det stora blanka knivbladet.

-Jag vet inte vem det var, dels måste det varit någon från en annan avdelning och förresten så tjänstgjorde jag inte i lördags, svarade Leila medan hennes tårar rann.

-Det där tror jag inte ett skit på! svarade mannen och spände sina mörka och skräckinjagande ögon i Leila.

-Det är sant säger jag ju! viskade Leila fram uppgivet.

På något sätt hade stundens allvar talat om för henne att hon kanske inte alls var ämnad för polisyrket. Ville psykopaten ta livet av flickan som satt bredvid henne, så skulle hon inte kunna göra något för att förhindra det.

-Låt dem vara, hon vet ändå inget, inflikade den andre mannen som varit tyst länge.

-Jag känner ändå på mig att polisaset bredvid mig vet mer än hon talar om för oss, svarade den maskerade mannen med den stora kniven.

-Åker vi fast så räcker det fullkomligt om vi gör det för rån och kidnappning. Så fort du skadar någon av dem med kniven, eller rent av dödar dem, så får vi ett helvete! Att du inte fattar det, ditt dumhuvud! utbrast skäggmannen.

I ögonvrån såg Leila att den svärande knivmannen stoppade undan sin kniv igen. Hon vågade inte se honom rakt i ögonen, för hon antog att det skulle vara ytterst provocerande.

Förhoppningen om att hennes kollegor visste var de befann sig, hade helt försvunnit i och med att de kommit in i hästtransportfordonet. Aldrig någonsin hade hon hört talas om att något liknande hade skett. Möjligtvis att hon sett att det hänt på filmduken ibland, med det var ju oftast så långt ifrån verkligheten att det knappast räknades.

- - - - -

-Vi har åkt fem mil nu i tvåhundra kilometer i timmen utan att se dem. De finns inte på E 4:an norrut, kom det från en av patrullbilarna.

-Inte söderut heller, tillade de som åkt åt andra hållet.

-Tusan också! Jag hör vad ni säger, om inte någon av er har den blekaste aning om var de är någonstans så får ni återgå till stationen, svarade Jesper med besviken röst.

-Att de som flyr så här byter registreringsskyltar eller till och med ändrar färg på sina bilar genom att dra av färgad tejp, det har vi varit med om. Men att någon kan bygga om en Renault Kangoo till något helt annat, det är helt klart premiär, sade en polis i den första patrullbilen som kom tillbaka.

-Ja jag begriper det inte heller, sade Jesper. Dessutom var en helikopter över rastplatsen bara några minuter efter att vi tappat kontakten med Leila. De rapporterade inga extrema fortkörningar i närheten, vilket annars kunde varit en förklaring. Till på köpet så är det väl omöjligt att få upp en sådan bil som de flydde i, mer än högst etthundra femtio kilometer i timmen, tillade han.

-Vad gör vi nu då? frågade den andra patrullen som just anslutit till stationen.

-Ett gäng åker upp till rastplatsen igen och finkammar området. Står lastbilarna kvar så ser ni till att väcka chaufförerna och kontrollerar om de vet något. Om vi inte hittar något där, så får vi helt enkelt invänta att gärningsmännen hör av sig, sade Jesper.

-Tror du verkligen att de gör det? frågade en polis.

-Ja det är jag ganska säker på att de gör. De har ju vad vi vet, fortfarande en tolvårig flicka och Leila i fångenskap. Om jag var i deras kläder skulle jag försöka byta dem mot antingen en större summa pengar eller fri lejd ut ur landet, fortsatte Jesper.

-Vet vi hur mycket de fick med sig från uttagsautomaten de sprängde? undrade polisen.

-Minst ett par hundra tusen, men färgpatronerna har tydligen utlöst. De kan nog med rätt teknik återställa sedlarna hyggligt, men det tar tid för dem, svarade Jesper.

-Det är klart, att ett par hundra tusen är ju inte jättemycket stålar, så de kanske vill ha mer i utbyte mot att släppa gisslan, fortsatte en av poliserna.

- - - - -

-Nu tar vi på er ögonbindlar, sade mannen som viftat med kniven.

-Ska det verkligen vara nödvändigt? undrade Leila.

138

-Om vi överhuvud taget ska låta er komma levande ifrån det här, så är det vad som gäller. Även om du lovar dyrt och heligt att inte avslöja oss, så är det inget som vi litar på, fortsatte han och knöt mörka tygstycken för deras ögon.

Leila hörde att den ansträngda motorn i hästtransportfordonet fick vila lite när föraren lättade på gasen. Det lät som om hastigheten sänkts något, förmodligen beroende på att de nu var i ett mer tättbebyggt område. Enligt hennes beräkningar var det sannolikt att de befann sig i Stockholm eller kanske i närheten, för tidsmässigt borde det stämma med tanke på hur länge som de hade färdats.

Plötsligt kände hon att fordonet saktade ner ytterligare och efter att först kört över en kant, märkte hon att de fortsatte ner i en brant nedförsbacke.

Nästan direkt när det planat ut, stannade fordonet och rampen där bak öppnades. Någon halvminut senare backade deras bil ut från hästtransporten och färden fortsatte i den.

Leila förstod att klockan minst var framåt arton eller nitton, för även om hon inte kunde se något så borde hon känt solens strålar värma om den inte hunnit gå ner. Trots att hennes nerver var på helspänn, kände hon hur trött hon började bli. Mot sin axel kände hon hur Esther lutade, och att hon redan sov tungt rådde det ingen tvekan om, av hennes andning att döma. Efter ett tag hörde hon att motorn stängdes av, men hon var nu så sömnig att hon inte längre brydde sig om vad som hände, bara hon fick sova.

- - - - -

Klockan sju ljöd Lisas larm om att det var dags att gå upp för att hinna till jobbet.

-Godmorgon, har du sovit gott? frågade hon Scotten som låg bredvid.

-Jo tack, det har jag allt gjort. Jag fick ta en tablett lite efter att vi lagt oss för då hade jag en sådan hemskt molande värk i nacken, men sedan dess har jag sovit tungt, svarade han.

-Vad bra, du kan väl göra frukost medan jag duschar, sade Lisa och hoppade upp ur sängen.

-Har du tänkt att jag ska vara din slav tills måndag och göra allting? Tänk på att jag är en invalid! svarade Scotten och satte sig upp i sängen.

-Skitsnack, du sade själv att du behövde röra på muskulaturen, så sätt igång nu. Har du inget bättre för dig så vill jag att du dammsuger hela lägenheten idag, fortsatte Lisa.

-Men hur har du tänkt att det ska gå till? Jag kan ju inte krypa runt utan kryckor med mitt onda knä, sade Scotten.

-Du kan stå still på ett ställe och göra rent det du når. Sedan flyttar du på dig och tar på så sätt en bit i taget, svarade Lisa innan hon klev in i duschen.

-Jag tänkte hoppa bort till Ludvigs arbete ett tag idag och höra hur han har det, sade han när de satt och åt frukost.

-Det går bra, då kan du passa på och fråga om de vill komma och käka middag på lördag kväll, svarade Lisa.

-Visst, det ska jag göra. Du har nog rätt i att jag kan dammsuga lägenheten idag, jag gör det så fort du gått till jobbet, fortsatte Scotten medan han hällde upp mer kaffe åt dem.

-Lysande, jag tar inte med någon matlåda idag, utan kommer hem vid klockan ett och äter lunch. Det ska bli spännande att se vad du bjuder på, sade Lisa.

-Jag lovar att ha något färdigt tills dess, svarade Scotten och började fundera på vad han skulle tillaga.

En stund senare var Lisa färdig för att gå till jobbet. Det tog över en timme för Scotten att dammsuga, men det blev mer noggrant gjort än vad han brukade kunna prestera i vanliga fall. Fördelen med att han inte kunde rusa runt som vanligt utan var tvungen att stå på en plats tills han var färdig där, var uppenbar. När han var klar rotade han fram en tvåportionare med korv stroganoff i frysen som han ställde på diskbänken så att den skulle hinna att tina. Till det tänkte han koka på snabbmakaroner och därmed så skulle maten vara fixad. I frysen hittade han även en påse bullar som han stoppade i innerfickan innan han låste lägenheten och hoppade bort mot Ludvigs jobb.

-Kul att se dig, hur är det fatt? frågade Ludvig.

-Det kunde väl vara värre. Jag har med en påse bullar till fikat, svarade Scotten.

-Passar perfekt, för jag har inte hunnit dricka kaffe än. Nu får du berätta vad du har varit med om, sade Ludvig medan kaffebryggaren började att puttra.

- - - - -

# Kapitel 15

Jesper väcktes av väckarklockan morgonen därpå och kände sig för första gången på länge riktigt utvilad. När han slutat arbeta dagen innan, hade han sagt till dem som jobbade natt, att det bara var att ringa om något nytt dök upp angående den tolvåriga flickan och Leila. Men telefonen hade varit tyst. Skamkänslorna kom emellanåt, att hans närmast underordnade hade kidnappats och inte han. I det här fallet var det dock bara slumpen som gjort att det blev så, intalade han sig.

-Jag sticker till jobbet nu, sade han till sin fru direkt efter frukosten.

-Åker du redan? Klockan är väl bara sex och om jag inte minns fel så börjar du väl inte förrän halvåtta idag, svarade hon undrande.

-Det är så fruktansvärt rörigt på jobbet för tillfället, så jag behöver egentligen vara där dygnet runt. Jag vet inte om jag kan sluta vid fyra eller om jag måste jobba över, sade Jesper medan han tog en snabb titt i hallspegeln för att se om allt såg okej ut.

-Jag har yoga ikväll vid nitton, om du kommer hem efteråt så vet du var jag är, sade hon innan han stängde dörren och gick ut till sin cykel.

Luften var fuktig och rå och Jesper funderade på hur Leila och Esther kunde ha det just nu. Om de vistats ute under natten hade de säkert fått frysa rejält, tänkte han. Även om de fått sitta kvar inne i Renault Kangoon så hade säkert vistelsen i den blivit till en plåga, särskilt om motorn varit avstängd och därmed ingen värme som varit påsatt. För att slippa frysa själv för mycket när han cyklade, höll han med ena handen upp sin halsduk lite extra så att den täckte både hans haka och mun. Följden blev att näsan fick sköta in och utandning för hela slanten, men det gjorde egentligen inte så mycket. Fördelen var att på något sätt fick han inte i sig så mycket av den kyliga fartvinden i sin hals. Tack vare att han ville vara ute så litet som möjligt just nu, trampade han på extra fort. Han kunde redan se sin arbetsplats lite längre fram, trots att solen inte gått upp ännu. I gatlyktornas sken såg han att det antingen kom ner lite duggregn, eller att det åtminstone var väldigt hög luftfuktighet för tillfället.

-Godmorgon, har ni hört något från Leila? frågade Jesper när han fick se en kollega på stationen.

-Nej, som du säkert förstår så har vi inte det. Det har gått ut en rikstäckande efterlysning på bilen vi tappade bort. Vad som framkommit sedan du gick hem igår, är väl att vi är ganska säkra på att det är samma gärningsmän som utförde de båda rånen mot uttagsautomaten. Identiteten på dem är inte fastställd, men på kameror där de figurerar, verkar det vara samma personer.

-Mannen som Leila körde ihjäl, har han alla sina vänner i någon frikyrka? frågade Jesper ironiskt.

-Nej, det vill jag inte påstå, utan närmast tvärtom! Är det dem vi anar, så har de redan var sitt välfyllt CV med brott, svarade den vakthavande polisen.

-Vad har de varit inblandade i, är det bilstölder och rån? frågade Jesper medan han tog av sig sin halsduk.

-Det är mycket värre än så. Den ena kan mycket väl

143

vara en ökänd brottsling kallad Oxen. Han skall avtjäna ett straff just nu efter att han dömts till ett långt fängelsestraff för ett grovt värdetransportrån. Tyvärr gjordes en lyckad fritagning för ett par veckor sedan, då han och en till lyckades fly. Sedan dess har vi inga spår efter dem, svarade han som jobbat natt.

-Oxen, jag tycker att det öknamnet låter bekant. Vad vet vi om den andre juvelen? frågade Jesper eftertänksamt.

-Om den som flydde med Oxen var med på de här stötarna, så har vi en seriemördare att handskas med. Han har inriktat sig på äldre ensamstående personer i glesbygden. När han tagit vad han velat ha av dem, så har han misshandlat dem så grovt att de avlidit inom några dygn. En riktigt råbarkad jävel med andra ord, fortsatte han med eftertryck i det han sade.

Tagen av det han just fått höra, gick Jesper in på sitt kontor och stängde dörren efter sig. Tanken på hur illa det kunde gå för den lilla flickan och Leila, gjorde honom illamående.

En klen tröst hade varit om han visste hur han skulle hitta dem, men trots att han försökte för fullt att komma på hur de skulle gå till, så kom han inte närmare en lösning. Uppgiven slöt han sina ögon och tyckte att allt kändes hopplöst.

- - - - -

-Så nu vet du att jag legat avsvimmad och skadad i ett dike i ett och ett halvt dygn, avslutade Scotten sin berättelse.

-Fy tusan, det där lät inget vidare. Du kunde ju mycket väl ha dött av backspegel-träffen. Är det som du tror, att ärthjärnan som körde inte ens sett dig, så kunde han ju lika gärna kört över dig till och med, sade Ludvig som gjort ett uppehåll i bullätandet.

-Förvisso är det så. Hur går det med firman nu när din chef sitter i fängelse?

-Jag jobbar själv så jag får välja bort en del jobb om inte kunden kan hjälpa till. Kommer det någon och vill ha sin sextio tummars TV reparerad, så kräver jag att de kommer hit med den. Alla kan ju inte ordna det, så då får de anlita någon annan, svarade Ludvig.

-Men har du fullt upp att göra hela tiden, eller går det i vågor? undrade Scotten.

-Tyvärr blir det mindre allt eftersom att göra. Som tur är, så har Stefans fru låtit mig behålla min fasta lön tillsvidare. Jag kan tänka mig att när hon ser hur lite det rinner in i kassan, så vill hon nog inte driva verksamheten vidare längre. Vill jag köpa företaget billigt så får jag väl det, annars läggs det väl ner, fortsatte Ludvig.

-Det är ju jäkligt synd om sådana här tjänster ska försvinna. Allt snack om återvinning och omtanke om miljön verkar bara vara tomma ord, sade Scotten och drack ur sitt kaffe.

-Trots att min syster Leila som är polis varit kidnappad sedan igår, blir jag alltmer sugen på polisyrket, sade Ludvig med allvarlig röst.

-Jag hör på dig att du inte skojar. Men seriöst, tror du att det är så kul i längden att vara snut? frågade Scotten förvånat.

-Jag vet inte och jag har inte berättat om mina drömmar för Ebba. Du får gärna låta bli att säga det till någon, för jag är som sagt inte säker på det än, svarade Ludvig.

145

-Nej det ska jag inte göra. Visst blev jag överrumplad när du sade det, men på samma gång tycker jag att du gör helt rätt. Du har ju dessutom på något oförklarligt sätt lyckats hålla dig utanför brottsregistret till skillnad från mig. Med andra ord har du väl haft mer tur än jag och det vill jag bara gratulera till, sade Scotten.

-Jo, helt klart har jag nog varit inblandad i lika mycket skit som du, men som du säger så har jag aldrig åkt fast eller ens blivit misstänkt för något. En fördel för mig om jag blir snut är att jag vet ganska väl hur en brottsling agerar. Blir jag osäker någon gång kan jag ju alltid anlita dig som konsult, sade Ludvig och garvade.

-Lisa ville att du och Ebba kommer över och käkar något på lördag, tror du att det passar? frågade Scotten.

-Vad jag vet så har vi inte något inbokat då. Vilken tid hade ni tänkt er? undrade Ludvig samtidigt som han kontrollerade i sin telefonkalender för säkerhets skull.

-Tiden har jag ingen aning om, det spelar väl inte så stor roll. Ni kan väl komma när det passar, fortsatte Scotten.

-Jag kan ringa Ebba och tala om att vi är bjudna så får hon säga när det är läge, svarade Ludvig och tog fram hennes nummer.

-Jag tänkte att du och jag kunde dela på en stor flaska whiskey då med, för det är jag riktigt sugen på, sade Scotten och log.

-Ja, det skulle inte vara så dumt. Jag kan stå för spriten för jag köpte med en hellitersflaska från Mallorca, svarade Ludvig medan han väntade på att Ebba skulle svara.

- - - - -

Med ett ryck vaknade Leila till och kände direkt att hon

hade dreglat ända ner på sin haka. När hon fått bort ögonbindeln och tittade sig omkring, drog hon snabbt slutsatsen att de befann sig i ett parkeringsgarage. Intill henne sov fortfarande tjejen tungt, med sitt huvud vilande mot Leilas axel. Till sin glädje såg hon att de var ensamma kvar i bilen och hoppades att mardrömmen var över.

-Godmorgon Esther, sade Leila tyst för att inte skrämma henne.

-Godmorgon själv, var är vi och hur kan du veta vad jag heter? frågade hon.

-Jag tror de har stuckit för jag kan inte se dem i närheten. Det ser ut som om vi är i ett garage. Att jag vet att du heter Esther beror på att jag ser det på ditt halsband, förklarade Leila.

-Tror du vi bara kan gå iväg härifrån, frågade Esther.

-Det tycker jag vi försöker med. Det är möjligt gärningsmännen ansåg att de inte hade någon nytta av att hålla oss som gisslan längre, sade Leila.

-Har du ingen pistol att försvara oss med om de kommer tillbaka? undrade flickan.

-Nej, den plockade de av mig direkt. Men du kan hjälpa mig att ta fram reservnyckeln till handbojorna jag fick sätta på mig, den ligger i innerfickan, sade Leila.

-Visst, det kan jag göra, sade Esther innan hon öppnade dörren för att se bättre.

-Jag tror att de har försvunnit härifrån medan vi sov. Vi går åt det hållet för där verkar utgången vara, sade Leila och pekade, när hon kommit ur bilen och fått av sig sitt handfängsel.

-Vet du exakt var vi befinner oss? frågade Esther när de

147

närmade sig öppningen till garaget.

-Nej, men jag fick för mig att vi fortsatte norrut efter att bilen körts in i hästtranportfordonet, men det är bara som jag tror. Med andra ord så är jag inte förvånad om vi befinner oss i Stockholm, sade Leila när hon för första gången såg solen för dagen.

- - - - -

- Din syrra hälsar till dig och säger att vi gärna kommer lördag eftermiddag någon gång, sade Ludvig när han tryckt på röd lur.

-Det låter bra, då är ni välkomna. Jag ska låta dig jobba ifred ett tag nu. Som du ser är jag i akut behov av att uppsöka en frisör, sade Scotten och greppade sina kryckor.

-Ja, det kan jag nog hålla med om, för du ser ut som en uteliggare! Vid närmare eftertanke så stämmer väl den beskrivningen rätt bra på dig, med tanke på var du sov häromnatten, sade Ludvig och skrattade.

-Jag tycker att den blivande poliskommisarien snackar för mycket skit, svarade Scotten med ett leende innan han stängde dörren efter sig.

Sista biten fram till sin frisör, försökte han stödja lite på högerfoten också när han gick. Visst värkte knäet lite, men det var inte så mycket som han hade befarat. Väl framme behövde han inte vänta alls, utan han kunde sätta sig i frisörstolen direkt. Omgående ångrade han sitt beslut att gå och klippa sig, för även om frisören var försiktig, så gjorde det ont på flera ställen i skallen. På något sätt härdade Scotten ändå ut, och en stund senare samt etthundratrettio kronor fattigare, fortsatte han hemåt för att duka köksbordet till Lisa som snart skulle komma hem och äta lunch.

-Imorgon kan du väl bjuda på något lite mer avancerat, sade Lisa när hon sett vad som bjöds och skrattade.

-Ha, jag såg att det fanns en burk ravioli i kylskåpet, ställ in dig på det! svarade Scotten som tyckte att han gjort en rejäl kraftansträngning när han fixat maten.

-Vi kan göra så här istället, du kommer till mitt jobb vid ett i morgon, så bjuder jag på käk på kinarestaurangen. Jag är inte ett dugg sugen på burkmat, så vad säger du, är det ett bra förslag? undrade Lisa och log.

-Jo, det kan det nog vara. Det enda är väl att jag har lite svårt att bära tallriken själv, sade Scotten.

-Det kan jag lätt ordna, det är bara för mig att gå en gång extra, svarade hon.

-Okej, då bestämmer vi det. Är det något mer du vill att jag ska göra när du jobbar i eftermiddag, eller är jag ledig? undrade han.

-Det finns en hel korg med tvätt som behöver vikas eller strykas. Skönt om du gör det, så slipper jag stå med det ikväll. Sedan kan du väl kontrollera om det är några räkningar i pärmen som måste betalas, svarade Lisa efter lite funderande.

-Det räcker så, du behöver inte tänka ut något mer. Du verkar glömma hela tiden att jag är en invalid, sade Scotten med en blick som sökte efter medlidande.

-Pyttsan heller, se till att du rör på muskulaturen! svarade Lisa innan hon sköt in köksstolen efter att hon ätit upp och rest sig.

Scotten satt kvar vid bordet när Lisa gick tillbaka till klädbutiken. Oron för att inte allt var över plågade honom och han visste inte hur han skulle kunna förberda sig på ytterligare ett angrepp mot sig. Plötsligt kom han att tänka på att han gömt en sak i en av de nedre kökslådorna när han flyttat in i Lisas lägenhet. Osäker på om den låg kvar efter inbrottet de haft, öppnade han lådan för att se efter. Med ett leende konstaterade han att den låg kvar där han lagt den. Med ett vant handgrepp tog han fram den och fällde blixtsnabbt fram knivbladet på stiletten han kommit över för några år sedan. Han skämdes lite över hur han fått tag på den, men frestelsen hade varit för stor för att han skulle kunna motstå den. Han mindes det som om det var igår, då han sett en rejält drogpåverkad tappa den när han handlöst ramlat ner från en parkbänk. Snabbt hade Scotten varit framme och snott åt sig stiletten utan att bry sig det minsta om hur det egentligen stod till med mannen som verkade helt livlös.

Ett par dagar efteråt hade han hört att personen dött just där när han svalt sin tunga, förmodligen av misstag. Scotten visste att så länge han behöll stiletten så skulle han alltid få tillbaka de här känslorna, men på samma gång intalade han sig att förr eller senare så skulle den kanske rädda hans liv. Instinktivt stoppade han stiletten på sig för att känna sig lite tryggare och kunna försvara sig, om det behövdes inom den närmaste framtiden.

-När allt är över ska jag göra mig av med den här, sade han tyst för sig själv. Han kände dock inga större förpliktelser att göra som han precis sagt, för ingen hade ju hört hans ord.

- - - - -

-Hej, Esther och jag är frisläppta och oskadda! kan ni hämta oss? frågade Leila när Jesper svarade.

-Vad underbart att höra! Klart att vi hämtar er, var befinner ni er? undrade hennes chef.

Vi är på polisstationen i Södertälje. De säger här att de kan skjutsa ner oss, men det dröjer ett par timmar i så fall för de är kort om personal, fortsatte Leila.

-Jag sätter mig i bilen direkt och kommer upp! sade Jesper medan han gjorde tummen upp inför sina kollegor.

-Esther har själv ringt till sin mamma, så hon vet redan att allt gått bra, berättade Leila.

-Skönt det, för hon hade nog inga höga tankar om mig igår. Är ni helt fysiskt oskadda eller måste ni uppsöka läkare? frågade Jesper.

-Esther har sovit mest hela tiden och vad jag kan bedöma så har hon inte tagit någon skada. Om hon får mardrömmar framöver av händelsen vet jag inte, det får nog en barnpsykolog utreda. Själv kan jag bara klaga på träsmak i baken och lite skavda handleder efter handbojorna, annars känner jag mig okej, fortsatte Leila.

-Bra, jag har satt mig i bilen nu och drar på så mycket jag kan. Du kan räkna med att jag är hos er inom en timme, sade han.

-Fint, då hinner vi gå och äta så länge. Har ni inga spår efter förövarna? frågade Leila.

-Nej inte ännu. Det viktigaste känns helt klart att ni är oskadda, vart asen tagit vägen blir en senare fråga. Är det dem vi tror att det är, nämligen kumpaner till den du körde på, så är det här troligen inte det sista brottet de begått, sade Jesper och trampade ner gaspedalen rejält på accelerationsfältet ut mot E 4:an.

- - - - -

# Kapitel 16

Emellanåt gick Scotten fram till fönstret och tittade så att ingen var utanför. Likaså när han hörde att det gick utanför ytterdörren i trapphuset, gjorde han sig beredd på att något skulle hända. Om gärningsmännen kom med skjutvapen så skulle han inte ha så mycket att sätta emot, men annars så hade han inga planer på att ge sig frivilligt. Det sista han hört dem säga, att Scotten skulle dödas, var inget som gick att förtränga.

Trots att han inte såg något misstänkt utanför, så kunde han inte slappna av riktigt. Att de skulle ge sig på Lisa var inte heller uteslutet och det hade han absolut alldeles för lite medel till sitt förfogande för att förhindra. Inom sig kände han ilskan växa och han önskade att han på något sätt kunde komma på ett sätt där han utan att själv bli ertappad, lyckades eliminera angriparna. Något riktigt bra och vattentätt sätt att göra det på var inget han i en hast kom på när han gick och funderade. Men dök ett bra tillfälle upp, så lovade han sig själv att han skulle ta det.

Ena stunden kände han sig fast besluten att försöka göra verklighet av sina planer, men rätt som det var, började han tveka på om han tänkte rätt. Han hade redan ett liv på sitt samvete som han dessutom i nuläget inte alls var säker på att han skulle gå fri ifrån. Även om polisen inte hittat några spår efter honom, så var han orolig för vad han kunde sitta och babbla om, särskilt om han fått i sig alkohol. Vid tidigare tillfällen hade han på fyllan vid ett flertal tillfällen berättat saker som han lovat både sig själv och andra att han skulle hålla tyst om. I dem lägena visste han dock att han hade den svagheten hos sig att han snackade för mycket, inte sällan för att på något sätt väva in hur duktig och tuff han varit.

När han rannsakade sig själv, visste han inte om han skulle kunna leva med att ta livet av fler människor än tvåbarnspappan. Skammen sköljde över honom och han fick anstränga sig för fullt och bita ihop, för att inte börja gråta. Kortet på honom tillsammans med de båda små barnen hade som det verkade tydligt placerat sig i hans hjärnas bildarkiv, trots att han slängt plånboken i en gatubrunn. För att på något sätt komma ifrån de destruktiva tankarna som malde runt i huvudet, beslöt han sig för att ta en mugg starkt kaffe.

- - - - -

Esthers mamma hade föreslagit att hon kunde möta dem när de var halvvägs till Nyköping. Jesper tyckte att det var en bra idè, för då kunde han prata med Leila sista biten mera ostört.

-Man måste ju bara gratulera till vilken skicklig polis du är! sade Jesper efter att de släppt av Esther på en rastplats där hennes mamma mött dem.

-Vad säger du, jag förstår inte hur du tänker då? undrade Leila.

-Jag menar, först såg du till att inte bli ihjälskjuten i din lägenhet. En oerfaren person hade troligen visat hela överkroppen i fönstret och därmed blivit skjuten till döds, sade Jesper.

-Jag tänker att det nog mest var tur, svarade Leila.

-Nej, det var det definitivt inte. Dessutom har du på ett bra sätt lyckats med bedriften att tillsammans med

Esther ta er ifrån några riktiga fullblodspsykopater som kidnappade er, fortsatte Jesper.

-Jag kan säga att jag kände mig allt annat än säker och skicklig när vi satt där. Jag var ju för tusan helt livrädd! utbrast hon.

-Det är resultatet som räknas. Jag kan tänka mig att just det att du visade dina innersta känslor avgjorde att de såg att du var en äkta person. En sådan som alltid står upp för sina ideal, sade Jesper.

-När det var som värst ska du veta, så kom tankarna upp inom mig som undrade om jag egentligen valt rätt yrke. En polis måste väl alltid vara säker på att han gör rätt, svarade Leila.

-Den människan finns inte som alltid kan förutse vad som kommer att hända. Att ha begåvats med insikten att man ibland säger och gör fel, är däremot nyckeln till att man är en bra snut. På det viset lär man av sina misstag och kan på så sätt alltid gå vidare, fortsatte hennes chef övertygande.

Leila gav upp, för hon märkte att Jesper inte vek sig en tum beträffande sina åsikter. Inom sig kände hon att hans ord till henne verkligen hade värmt och stöttat henne. Tyvärr är jag väl liksom så många andra dålig på att ta emot bra kritik när jag väl får det, tänkte Leila medan hon tittade ut över det öppna landskapet. Det var bara någon mil kvar till stationen och hon hoppades att hon kunde komma hem rätt skapligt för att först och främst få ta ett långt härligt bad.

-Hur ser planerna ut framöver? frågade Leila efter en stunds tystnad.

-De som rånade uttagsautomaten och sedan tog er som

gisslan, de är inte vårt ärende längre. Södertälje-polisen anar vilka det är och känner typerna bättre. De har erbjudit sig att ta över utredningen vilket jag tackat ja till. Däremot har vi ju ett bekräftat mord att sätta tänderna i. Som du själv läste i obduktionsrapporten igår, så hade mannen som hittades på grusvägen några mil söderut, bragts om livet. Vem som är skyldig till det blir vår huvuduppgift att ta reda på den närmaste tiden, svarade Jesper.

-Ja, och sedan har vi hoten som riktats mot Scotten, vet vi vem som körde på honom än? frågade Leila.

-Nej det vet vi inte. Jag kan inte sätta fingret på vad det är, men jag känner på mig att det är något i hans berättelse som inte stämmer. Han kunde förvisso inte ta sig för egen maskin från platsen där han blev påkörd och sedan tillbaka igen. Men kom ihåg att jag har sagt det, Scotten undanhåller något för oss, fortsatte Jesper med en övertygande röst.

-Det är väl inte uteslutet att fordonet han blev påkört av har något med hoten han fått den senaste tiden att göra, eller? frågade Leila.

-Nej, det är en sak som vi måste gå till botten med. Det verkar ju ologiskt att han får sms-hot och en sönderslagen lägenhet först och att sedan allt skulle vara lugnt. Vi får till att börja med beslagta hans mobiltelefon för att se hur den använts den senaste tiden.

-Vet vi var den finns nu? undrade Leila.

-Han har fått tillbaka den. Gröön lämnade den till honom efter att den återfunnits i diket i närheten där han låg, berättade Jesper.

-Konstigt att han inte ringde och bad om hjälp när han hade mobiltelefonen alldeles bredvid sig, spekulerade Leila.

-Ja det kan man tycka. Det kan visserligen tyda på att han verkligen har legat avsvimmad där i ett dygn och oförmögen att ta kontakt med någon.

-Ja, eller så var batteriet för dåligt laddat när han hamnade där, fortsatte Leila.

-Vi ska i alla fall ta in den igen och kontrollera om den använts på något sätt, antingen för meddelanden eller samtal. Det är bra om vi kan utesluta möjligheten, att den har brukats den tiden, fortsatte Jesper.

-Visst, och även om inte han förmått att använda den, så ser vi ju om han tagit emot fler hot den senaste tiden, tillade Leila.

-Du får gå för dagen nu, trots att du egentligen skall jobba några timmar till. Med tanke på hur du haft det den senaste tiden, framförallt natten som varit, så är det inte mer än rätt. Men innan du stämplar ut skall du plocka ut ett nytt tjänstevapen. Jag såg själv hur de avväpnade dig igår, så det är ingen diskussion, sade hennes chef.

-Okej, nej den lär jag nog aldrig få tillbaka. Hoppas bara att de slänger den i havet eller något liknande, så att den inte används för brottslig verksamhet, sade Leila.

-Det går ju förstås aldrig att komma ifrån, att de kanske använder den själva. Tidigare liknande händelser har ju visat att de ofta gör så. Fördelen för oss då är ju att vi kan binda dem till rånet när vi väl tar dem, sade Jesper.

-Ja, om de inte sålt den till någon, svarade Leila nedlåten, väl medveten om att en slipad advokat skulle se massor med möjligheter till att inte koppla samman flera brott, även om mycket talade för det.

-Vi får fundera vidare på det, men som sagt plocka ut ett nytt vapen. Jag har tillstyrkt att du får förvara det hemma tills vidare, sade Jesper och satte sig till rätta vid datorn för att dokumentera händelserna.

-Ja det gör jag, vi ses imorgon, svarade Leila innan hon gick ut från kontoret.

- - - - -

Plötsligt ringde det på Scottens telefon och han tog fram den för att se vem som ringde. Det var inget nummer som han kände igen, så han brydde sig inte om att svara. Samma nummer visades i presentatören ett par gånger till, men Scotten hade bestämt sig för att inte ta emot några samtal från nummer som han inte visste vem det tilllhörde.

När han en stund senare hörde steg utanför ytterdörren, kände han hur pulsen steg. Ljudlöst plockade han fram sin stilett och fällde ut bladet. Så tyst han kunde ställde han ifrån sig kryckorna och placerade sig vid sidan om dörren, ifall någon bröt sig in.

En lång ringsignal på dörrklockan gjorde att Scotten insåg att hans sista stund i livet kanske var kommen.

-Scotten, det är Jesper från polisen här. Jag vill att du öppnar så jag får växla några ord med dig, sade han.

-Jaha, är det något särskilt? frågade Scotten samtidigt som han fällde ihop kniven och stoppade den i fickan igen.

-Jag skulle behöva titta på din telefon ett tag om det går bra, sade Jesper när dörren öppnats.

-Den ligger på köksbordet, räcker det om du kontrollerar

den här, eller måste du ta med den?
-Egentligen hade jag tänkt låta en av våra tekniker kika på den, men visar du mig samtalslistorna för sista tiden och en del annat så kan vi nog klara av det direkt, fortsatte Jesper och gick ut mot köket.

-Du kanske vill ha en kopp kaffe, det är precis färdigt, sade Scotten undrande.

-Ja tack, det skulle smaka bra. Doften av nybryggt kaffe är nästan oemotståndlig, sade Jesper och log. Sådana här tillfällen då han fick möjlighet att mer djupgående se hur människor betedde sig, missade han sällan. Under tiden Scotten hällde upp varsin mugg, lät han blicken vandra.

-Vill du ha mjölk eller socker till? frågade Scotten.

-Jag kan ta lite av båda, svarade Jesper. Dock inte för att det var vanligt att han drack kaffe med sådana tillsatser, utan mer för att det medförde att han kunde se in i kylskåpet samt få lite mer tid att iaktta allt möjligt.

-Varsågod, bullarna har Lisa bakat, sade Scotten och höll fram brödfatet.

-Ser gott ut! Väntade du besök eller brygger du alltid så här mycket kaffe till dig själv? undrade Jesper.

-Sömnen har väl inte varit den bästa den senaste tiden, så jag kände att jag behövde en rejäl balja, svarade Scotten lite förvånad över frågan han fått.

-Och så kommer jag och dricker upp hälften, svarade Jesper innan han tog en rejäl bullbit i munnen.

-Det är ingen fara, jag kan sätta på mer. Här är min telefon, sade Scotten och låste upp den. Säg till när du vill se mailen jag fått, för den är lösenordsskyddad, fortsatte Scotten.

-Tack ska du ha. Jag måste i första hand ha ryggen fri själv och kunna utesluta att det kommit in fler hot och så vidare, sade Jesper.

-Jaha, men det har det inte. Får jag fler hot så hör jag av mig direkt till er, svarade Scotten och försökte att se trovärdig ut. Inom sig visste han att Jesper kunde avslöja om han ljög genom att enbart iaktta vart hans ögon tog vägen när han pratade.

-Det var jättegott fika, hälsa din flickvän och tacka. Jag måste tillbaka till stationen nu, sade Jesper och ställde bort sin mugg på diskbänken.

-Varsågod, det var så lite. Var det förresten du som ringde som en galning förut? det var ett nummer jag inte kände igen, sade Scotten undrande.

-Nej, jag har inte ringt. Får jag titta på din telefon igen så kan jag kontrollera vem det är, svarade Jesper med fundersam blick.

-Jag skrev av det på en lapp förut, sade Scotten och tog fram den ur ena byxfickan.

-Jag hör av mig om vi får reda på vem det tillhör. Tyvärr är det många kontantkortstelefoner som vi inte kan spåra. Får väl hoppas att det inte är det den här gången, svarade Jesper och tog emot papperslappen med numret på. Jag kanske hör av mig, sade han innan han lämnade Scotten.

När han kom ner utanför huset, stannade han upp lite för att summera mötet. Vad han sett, så verkade Scotten vara en ganska vanlig kille som på sista tiden haft lite otur. Ändå var det något som sade honom att han höll något hemligt. Svaren han givit hade inte avslöjat honom, men det hade hans blick gjort som ofta stuckit upp snett åt sidan. Det kunde vara en tillfällighet, men många gånger tidigare när Jesper iakttagit detta, så hade det visat sig att han haft rätt.

-Framtiden får visa om han döljer något, sade Jesper tyst till sig själv medan han började gå tillbaka mot polisstationen.

- - - - -

-Vad bra att har du fått undan all tvätt, sade Lisa när hon kom från jobbet.

-Klart att jag har. Det jag inte ville vika eller stryka lade jag i smutstvätten så kan du sköta det senare, svarade Scotten och försökte att se allvarlig ut.

-Det skulle inte förvåna mig om du har gjort det! Kommer jag på dig med det, så får du sova på balkongen i fortsättningen, svarade Lisa.

-Jag bara skojar med dig. Förresten har det varit en polis här idag och kontrollerat mig, sade Scotten.

-Har snuten varit här, varför då? frågade Lisa.

-De ville kontrollera min telefon och om jag fått några mail. Typ om jag fått fler hot, förklarade han.

-Okej, passade du på att bjuda på kaffe? undrade Lisa.

-Ja visst, och han tog två av dina bullar. Han hälsade till dig att de var goda, fortsatte Scotten.

-Vi kanske kan hjälpas åt ikväll och göra matlådor att ta med till jobbet. Jag passade på att handla på vägen hem, så att vi ska slippa stå med allt i helgen, sade Lisa.

-Det kan vi väl. Ebba och Ludvig har förresten tackat ja till att komma och äta på lördag. De kommer på eftermiddagen någon gång, fortsatte Scotten.

-Det ska bli kul. Du kan skära lök och grönsaker till att börja med, sade Lisa och lade fram det som skulle fixas på bänken.

-Vad ska du göra då? undrade Scotten fundersamt.

-Först ska jag byta kläder så att jag inte får några fläckar på de här, sedan kommer jag och hjälper till, svarade Lisa och gick mot sin garderob.

Ett par timmar senare stod all mat på kylning och allt som behövde diskas var klart.

-Nu har jag överansträngt knäet känner jag, så det får nog bli till att gå och lägga sig tidigt ikväll, sade Scotten.

-Jag håller med, men det är skönt att ha det gjort, sade Lisa medan hon tog av sig förklädet.

En stund senare somnade de och båda sov tungt ända tills Lisas larm ljöd morgonen därpå.

-Godmorgon älskling! sade Scotten och kysste Lisa.

-Morrn själv! Härligt att det äntligen är fredag och att jag inte jobbar mer den här veckan när jag kommer hem ikväll, sade Lisa och sträckte på sig.

-Ja just det, du är ledig imorgon. Det ska förresten bli gott med kinesisk buffé till lunch idag, sade Scotten.

-Ja och det brukar faktiskt inte vara så många som går dit och äter lunch på fredagar. Många bokar bord till kvällen de dagarna istället, så jag tror vi slipper trängas med en massa folk, sade Lisa.

-Härligt, jag är rejält sugen redan, svarade Scotten innan han gick upp och kokade havregrynsgröt till frukost åt dem.

- - - - -

# Kapitel 17

Leilas telefon ringde lite efter klockan ett på natten, och hon svarade efter andra signalen trots att hon sovit tungt. Så fort hon hörde att det var hennes chef, förstod hon att det var något riktigt akut, för det hade aldrig hänt tidigare att han hört av sig så dags.

-Du måste komma direkt, en polis har blivit allvarligt skjuten i Ekensberg! Det sista jag hörde från hans kollega var att de kommit emellan i en skottlossning. Jag är inte riktigt säker, men vad jag hört så är det fler skadade, berättade Jesper.

-Kan du plocka upp mig, det är väl ungefär två kilometer till Ekensberg härifrån? Vi skulle väl tjäna en del tid på om jag slapp cykla till stationen först, förklarade Leila.

-Det går bra, kan du vara nere på gatan om fem minuter? frågade Jesper.

-Jag ska försöka med det, svarade Leila upprört.

-Bra, då kommer jag. jag tar med en extra skottsäker väst till dig och mer ammunition, sade hennes chef innan samtalet avslutades.

-Vem är det som blivit träffad? frågade Leila så fort hon hoppat in i bilen.

-Det är Gröön och hans tillstånd är kritiskt. Jag har inte hört det från någon läkare, men han blev träffad i halsen och har tappat massor med blod. Även om jag inte är specialist på området, så kan jag nog säga att det inte är troligt att han överlever, svarade Jesper med tårfyllda ögon.

-Vad gjorde de där, hade de fått ett larm dit? undrade

Leila samtidigt som hon höll sig i kurvhandtaget i taket
när bilen krängde häftigt i en vänsterkurva.

-Någon har ringt in och sagt att det pågick en häftig
diskussion mellan några som tydligt stod och viftade
med både knivar och skjutvapen, svarade Jesper.

-Ska jag spärra av området när vi kommer fram, eller vet
du om det redan är gjort? frågade Leila.

-Du kan börja med det och sedan ska vi försöka hitta
vittnen till händelsen. Tyvärr är det väl många som är
rädda för att vittna med tanke på att de kan utsättas för
repressalier, svarade Jesper och parkerade bilen mitt på
gatan.

-Om Gröön redan förts med ambulans till sjukhuset, så
är det ju minst ett par personer till här som ser ut att
vara helt livlösa! utbrast Leila när hon såg två människor
ligga en bit ifrån dem.

-Jäklar, det har du rätt i! Kontrollera om de lever så
larmar jag om att det behövs ett par ambulanser till,
beordrade Jesper.

-Javisst, svarade Leila och gick med svaga ben fram
mot den som låg närmast. Det hade bara gått några
dygn sedan hon sett ett lik senast, men det här såg hon
på flera meters håll, att det skulle sätta ytterligare
avtryck inom henne. På mannen hon råkat köra ihjäl
hade det bara runnit lite blod ur munnen, annars såg det
inte speciellt otäckt ut. Personen som låg framför henne
hade däremot blivit träffad av en kula i ansiktet som haft
sprängverkan när den träffat. Allt mellan öronen var som
en blodig köttgryta, tänkte Leila och kände att hennes
maginnehåll åkte hiss ända upp i svalget på henne. På
något sätt avtog lusten att kräkas när hon fäste blicken

på en punkt en bit därifrån. Att gå fram och kontrollera om offret fortfarande hade puls verkade totalt onödigt, så hon lät bli. När hon tittade hur den andre mannen såg ut, så kunde hon konstatera att han dödats på samma brutala sätt. Omtumlad av vad hon sett, gick hon tillbaka till Jesper för att rapportera.

-Ambulanser är på väg och borde vara här inom tio minuter. Var det inte lönt att försöka göra några upplivningsförsök? frågade Jesper.

-Nej det var det helt klart inte. Jag har aldrig sett någon sådan skottskada tidigare! Hela deras ansikten är totalt förintade, precis som om det sprängts bort, fortsatte Leila med skakig röst.

-Jag har hört talas om sådan ammunition, den är fruktansvärd! Hittills har vi varit förskonade från den här i Nyköping, men nu har den alltså hittat hit, svarade Jesper.

-Vet du om Gröön skjutits med samma vapen, eller ett traditionellt? undrade Leila samtidigt som hon ångrade att hon frågat. Egentligen var det ju helt oväsentligt och en sak som inte behövde fastställas direkt.

-Det vet jag inte, men det får vi reda ut senare. Spärra av området nu och sedan försöker vi få tag på personer som sett vad som hänt, fortsatte Jesper.

-Är det förstärkning på väg eller måste vi sköta allt själva? frågade Leila som kände av själv att hon hamnat i ett chocktillstånd efter vad hon sett.

-Det kommer fler kollegor snart, det har jag ordnat. Ett stort problem är helt klart att det går en dubbelmördare lös som vi snarast måste finna, sade Jesper till henne medan han gick fram till en folksamling vid ett hus.

-Skytten sprang åt det hållet, sade en man och pekade längs en gångväg. Han stod främst och verkade angelägen om att få berätta vad som hänt.

-Var det någon du kände igen, eller har du ett signalement att ge? undrade Jesper och tog fram sitt anteckningsblock.

-Jag har inte sätt honom förr, så jag tror inte att han bor här. Vad jag kunde se så var han i tjugofemårsåldern och hade mörkt hår, svarade vittnet.

-Såg någon vad för kläder han hade på sig? frågade Jesper vidare.

-Det såg jag, svarade en kvinna som stod lite längre bak. Slitna blåjeans som det var en del hål på och sedan hade han en mörk huvtröja. Dessutom bar han en svart täckväst, berättade hon.

-Vad bra, är det fler av er som har gjort ytterligare iakttagelser? undrade Jesper.

-Jag hörde en bil köra iväg snabbt från det hållet dit han sprang, kanske en halvminut senare, sade den förste mannen som Jesper talat med.

Efter att ha tagit deras kontaktuppgifter och skrivit ner dem, rusade Jesper åt det håll som gärningsmannen sprungit. Förhoppningen var att finna någon person där, som sett en bil dra därifrån hastigt. Den enda han såg, var en kvinna med permobil som var ute och rastade sin lilla mops.

-Hej, jag heter Jesper och är från polisen. Jag undrar om ni sett något anmärkningsvärt här, för cirka tjugo minuter sedan? frågade han.

-Det skulle väl i så fall vara en vit stor bil som var nära att köra på lilla Fiffi, svarade damen som var i åttioårsåldern.

-Lade ni märke till bilens registreringsnummer, eller tänkte ni på vad det var för märke? undrade Jesper.

-Nej, jag blev så arg när han höll på att ta livet av min hund, så jag tänkte inte på det. Det enda jag såg var att det var som en stor skåpbil utan fönster där bak, berättade hon medan Fiffi verkade stå och frysa.

-Såg ni något av han som körde, hur han var klädd eller något annat speciellt? undrade Jesper.

-Det såg ut som en snorvalp, inte över fyrtio år. Vad han hade på sig vet jag inte, men jag tror att han var ensam, om det kan vara till någon hjälp. Jag hörde att någon sköt när jag kom ut och skulle rasta hunden, var personen inblandad i det? frågade damen nyfiket.

-Om han var det har vi inga bevis på, utan bara indicier, svarade Jesper och bad om hennes adress för att kunna nå henne om det behövdes.

-Man vågar knappt ge sig ut med hunden längre för det har blivit så oroligt i området de senaste åren. Trots att jag har självförsvarsspray i min handväska drar jag mig för det nattetid. Men just inatt hade Fiffi så sura gaser, att jag förstod att hon behövde gå ut, fortsatte hon.

-Det är inte pepparspray du har då? utan den licensfria varianten, sade Jesper undrande.

-Ja det är det. Min son har gett mig den och lärt mig att handskas med den, så att jag ska kunna försvara mig, sade kvinnan.

-Jag kanske hör av mig med kompletterande frågor, sade Jesper innan de skildes åt.

När han kom tillbaka till Leila så hade det dykt upp fler medarbetare.

-Det är till och med så att jag, som ändå är rätt van, tycker sådana här skottskador är fruktansvärda, sade kriminaltekniker Lisbeth, när hon såg Jesper ansluta.

-Jag förstår dig och håller med fullständigt. Leila och jag avviker för att försöka få tag i en vit flyktbil. Hör av dig när du fastställt identiteten på dem, svarade Jesper.

-Får väl hoppas att vi får fram något som säger vilka det är. De bar inga identitetshandlingar på sig och tandavtryck kan vi glömma. Återstår att se om de finns i våra register med sitt DNA eller fingeravtryck, sade Lisbeth.

-Jaha, är det på det viset. Tänk om det kunde vara smidigt någon gång, svarade Jesper medan han och Leila gick bort till sin bil.

-En vit skåpbil igen, om alla sådana förbjöds undrar jag om inte brottsligheten skulle minska, sade Leila ironiskt när hon läste igenom sin chefs anteckningar.

-Ja man kan ju undra vad förbrytarna skulle ta sig till utan dem. Många av puckona är ju så trångsynta, att de nog aldrig skulle komma på tanken att välja något annat att åka i, svarade Jesper leende medan han började köra tillbaka mot stationen.

Det är kanske någon trygghet för dem, att välja något så att säga "oskyldigt vitt" i stället för "svart som synden", spekulerade Leila.

-Jag ger mig fan på att det finns en massa forskningsrapporter som styrker dina teorier. Tyvärr så hjälper det inte oss att få tag i vår dubbelmördare, svarade Jesper nedlåten.

-Jag får väl kontrollera om det är några vita skåpbilar som är anmälda som stulna den senaste tiden, sade

Leila.

-Ja gör det, men ta till en radie på låt oss säga femton mil, så får vi se om det finns något intressant.

-Det är väl lika bra att jag gör det med en gång, eller tycker du att det kan vänta tills vi går på ordinarie skiftet imorgon bitti? frågade Leila.

-Ditt skift har redan börjat, tyvärr sex timmar för tidigt. Glöm inte att Gröön är svårt skadad och att hans kollega är kvar på sjukhuset hos honom, svarade Jesper bestämt.

-Jag förstår och det är klart att jag ställer upp. Du får ursäkta mig för min lite dumma fråga, men jag känner inte att min hjärna hänger med riktigt, sade Leila.

-Det är lugnt, vi är nog båda rätt så tilltufsade efter de här hektiska dygnen, sade Jesper.

-Jag kontrollerar på min dator och kommer in till dig sedan, sade Leila.

- - - - -

-Tusan, jag är ju konstigt nog mätt fortfarande, trots att det var igår vid lunch som vi åt buffè, sade Lisa.

-Jag är inte heller speciellt hungrig fast det gått snart ett dygn. Då ska du veta, att när jag kvicknade till efter att ha blivit påkörd i måndags, så drömde jag om mat för att jag kände mig helt utsvulten. Märkligt hur allt kan ändra sig. Det enda jag inte blir riktigt mätt på är att se dig naken, sade Scotten och drog av Lisa täcket.

-Jaså, säger du det, svarade hon och log.

En halvtimme senare steg de upp från sängen och gick och duschade, efter att ha älskat.

-Tänk att det redan gått en hel vecka sedan vi kom hem från Mallis, sade Lisa när hon torkade sig.

-Ja, tiden går fort ibland. Visst hade det varit härligt om vi kunnat stanna där nere resten av livet, då hade jag nog till exempel inte behövt hoppa på kryckor nu, svarade Scotten.

-Det ligger väl en del i det du säger. Men det blir ju sämre väder där också snart, så då kan man lika gärna bo här åtminstone på vintern, sade Lisa eftertänksamt.

-Fasen, det har varit en dödsskjutning i Ekensberg inatt! Det är ju bara en kilometer härifrån, sade Scotten när han kontrollerade på sin telefon vad som hänt.

-Vad hemskt, undrar om det var någon vi kände som blev dödad, svarade Lisa.

-Det står att det är två som hittats döda och att en polis är allvarligt skadad, fortsatte Scotten.

-Bara det inte är Ludvigs syrra som blivit träffad! Vad ska vi göra, tycker du? frågade Lisa.

Jag har för mig att Ludvig sade i förbigående att hon jobbade dag veckan ut, svarade han för att försöka lugna henne.

-Är det olämpligt om jag ringer Ebba och frågar om de hört något? undrade Lisa.

-Det tycker jag är helt onödigt och det kan bara göra saken värre. Skulle det visa sig att Leila blivit skottskadad och de inget vet ännu, så kan du räkna ut själv hur fel det kan bli. De kommer ju hit om några timmar och då tar de förmodligen upp det själva, fortsatte Scotten.

-Ja okej, jag väntar med att ringa. Om det är så illa att det är hon som träffats, är det ju bäst om de får höra det från någon annan än oss som egentligen inte vet ett skit. Är det så illa att det hänt något hemskt med Leila, så ringer de väl snart och lämnar återbud, svarade Lisa och gick till sovrummet för att bädda.

-Hur som helst kan jag hålla med dig om att det känns jäkligt olustigt att det används skjutvapen i lilla Nyköping. Förmodligen var det väl kriminella som gjorde en uppgörelse med tanke på att poliser var på plats, men ändå, svarade Scotten.

-Ja, det dröjer säkert inte länge innan någon oskyldig får sätta livet till. Du får gärna börja duka så är det gjort tills Ludvig och Ebba kommer, fortsatte Lisa.

-Visst, det kan jag göra. Vi får väl utgå från att de dyker upp efter klockan ett, svarade Scotten.

-Jag har lagt fram en duk på matbordet som jag tänkte vi skulle ha, sade Lisa.

-Ska jag sätta på en kanna starkt kaffe? själv känner jag att det är läge för det, undrade Scotten.

-Jag börjar också känna mig lite tung i huvudet, så gör det, sade hon.

-Vill du ha något till? frågade han medan han laddade bryggen.

-Vi har en del ljust skivat bröd som börjar bli torrt, så jag tar gärna några rostade mackor, svarade Lisa.

-Det kan jag tänka mig med, helst med ost och jordgubbssylt, sade Scotten och kände redan hur det vattnades i munnen.

-Blev du så snabbt hungrig efter lite sex, har du ingen uthållighet eller kondition? frågade Lisa och fnittrade.

-Nu glömmer du igen att jag är en invalid för tillfället. Jag hinner ju aldrig återhämta mig ordentligt. Du har inte funderat på att jag skulle behöva lite extra service nu? frågade Scotten.

-Det där är bara bullshit! Se till att hålla igång muskulaturen, i hela kroppen! svarade Lisa och skrattade åt Scotten som stod och vinglade på ett ben.

-Har du sett var mina kryckor är någonstans? för jag kommer inte ihåg var jag ställde dem, frågade Scotten.

-Vet du inte var de är, så klarar du dig väl rätt bra utan dem. Om du absolut vill veta, så kan jag upplysa dig om att jag nyss snubblade på dem i sovrummet, fortsatte Lisa.

-Vill du vara snäll och hämta dem åt mig? sade Scotten medan han tittade ut genom deras köksfönster.

Det han såg fick honom tillfälligt att hålla andan.

Plötsligt slog det Scotten att mannen han såg därnere i en vit skåpbil, var samma person som han träffat en kort tid på anstalten i Arnö när han satt inne. I samband med att han släpptes fri själv, hade typen förflyttats till hans avdelning. Det var också samma as som han namngett för polisen när han blivit vittne till en större knarkaffär.

Medan han tog fram sin mobiltelefon i fickan för att ringa polisen, åkte skåpbilen iväg.

Han insåg att personen han just sett, inte skulle ge sig förrän Scotten var tystad för evigt.

-Den som tror att jag tänker sluta leva nu när jag är tillsammans med världens underbaraste tjej, har gjort en grov felbedömning, sade Scotten tyst för sig själv medan han höll hårt om stiletten som låg i byxfickan.

- - - - -

# Kapitel 18

-Lisbeth ringde nyss, och hon har fått ett par matchande DNA på dem som fick sina ansikten bortskjutna inatt. De var kumpaner till mannen som hittades död söder om Nyköping, sade Jesper.

-Jaha, vet vi om de var fler i det gänget? I så fall kan vi väl räkna med att dödsskjutningarna fortsätter, svarade Leila.

-Vi vet att det åtminstone är en person till i gruppen, det har vi sett på en del övervakningsfilmer. Antingen är det som du säger, men det kan lika gärna röra sig om en intern uppgörelse. Tyvärr är det inte säkert att vi någonsin får veta det, svarade hennes chef.

-Har vi något mer att gå på, jag menar, vet vi vem den fjärde gängmedlemmen är? undrade Leila.

-Nej, det är ett problem vi har fått på halsen, och det är därför som jag säger som jag gör. Tidigare har det bara varit de tre som nu är döda som hållit samman, men som sagt, vid de senaste brotten så är det ytterligare en. Har han kommit på kant med dem och sedan likviderat en efter en, så kanske han är nöjd nu och går under jord, spekulerade Jesper.

-Vad är det för verksamhet de sysslat med egentligen? frågade Leila.

-Hittills har de varit i knarkbranschen. Första åren agerade de både som importör och säljare, men på senare tid har det synts tecken på att de ingår i ett större nätverk och då bara sysslar med försäljning, fortsatte Jesper.

-Är det spaningspolisen som lämnat de uppgifterna? frågade Leila.

-Ja, de har försökt att kartlägga drogverksamheten i hela Sverige under några månader och på det viset kommit fram till den slutsatsen. Vad jag förstod när jag pratade med chefen på knarkspan i Stockholm, så var de rätt nära en del gripanden. Det kan hända att en del gängmedlemmar var oroliga för att deras så kallade kollegor hade börjat tjalla för snuten och därmed tystat dem, berättade Jesper.

-Låg det något i deras misstankar eller var det bara som de trodde? frågade hon vidare.

-Faktum är att polisen lyckats få en del att börja prata, om de blivit lovade en annan identitet för att de velat hoppa av, sade Jesper.

-Jag trodde inte att det pågick sådan verksamhet i Sverige knappt. Det kommer verkligen som en nyhet för mig, sade Leila medan hon böjde sig bakåt i kontorsstolen för att sträcka på sin rygg.

-Med rätt formuleringar så har man visst gjort så allt oftare på senare tid. Skulle media få reda på det så blir det ett himla liv, för de skulle säkert tro att de fick strafflindring och ersättning på köpet om de angav sina medbrottslingar. Men nu går det under en flik i lagtexten där man kan göra så för att deras liv är hotade, typ som kvinnor kan få för att komma ifrån misshandlande män, förklarade Jesper.

-Då får vi hoppas att de kan nysta upp det mesta så vi får bukt med drogerna, svarade Leila hoppfullt.

-Tyvärr är det nog en lite väl optimistisk tanke. Det enda vi förmodligen kan lyckas med är att se till att införseln

173

av droger i landet inte ökar lika mycket som den säkert gjort om vi inte kommit dem på spåren. De som håller på med det här ligger alltid minst ett steg före oss. Även kunderna på gatan hittar ju hela tiden nya vägar för att säkerställa sina behov att komma över knark. Några klick på datorn, så har de ett paket med kemiskt hopkok i brevlådan en vecka senare, sade Jesper.

-Jag vet att det är så, men det låter som allt vi håller på är helt hopplöst, sade Leila.

-Lite nytta gör vi nog, en del räddar vi säkert livet på när vi hela tiden försöker att minska knarktillgången. Men det är klart, de som verkligen vill bli påtända får säkert tag på vad de vill ha trots våra ansträngningar. Förresten, har du hittat några vita skåpbilar som är anmälda som stulna? frågade Jesper.

-Det finns ett tiotal av olika märken bara den senaste veckan. Jag funderar på om det är lönt att åka ut till permobil-tanten du pratade med inatt och visa bilder på dem. Om vi fick veta vilken sort det var, så skulle det ju underlätta eftersökningar, sade Leila.

-Ja det kan vara en god idè. Tyvärr vet vi ju inte ens om det var en stulen skåpbil han körde iväg i, det kanske var hans egen. Gärningsmannen kanske har nöjt sig med att stjäla ett par registreringskyltar som han satt på istället för sina egna och då står vi på ruta ett igen, svarade Jesper och suckade.

-Jädrar vad trött jag är, mina ögon känns precis som om någon hällt i ett par sandsäckar i dem, sade Leila och grimaserade, för det gjorde så ont varje gång hon blinkade.

-Ett par sandsäckar, det var väl en liten överdrift i alla

174

fall! Vi går och hämtar lite kaffe och varsin mandelkubb så kan vi nog fortsätta en stund till, sade Jesper hurtigt.

-Okej, men jag kan säga redan nu att jag inte kommer att orka med att vara på jobbet ända till klockan fyra i eftermiddag, svarade Leila.

-Faktum är att jag tänkte att vi ska försöka hålla ut till lunch och sedan gå hem och sova. Efter att ha jobbat sedan ett inatt så presterar vi inte speciellt mycket ändå om vi skulle vara här längre, sade Jesper och tryckte fram en rykande het kopp kaffe som han gav till Leila.

-Det låter bra det, har du fått tag i någon som kan fortsätta vårt ordinarie skift? undrade Leila.

-Jag har sagt till dem som går på vid sexton att de får vara beredda på att bli inringda tidigare om det dyker upp något, förklarade Jesper innan han tog ett bett i den torra mandelkubben.

- - - - -

-Jag sätter på ugnen nu och börjar fixa en sallad under tiden den blir varm. Nu är det ju bara en timme kvar tills de ska komma, så det får vi väl räkna med att de gör, sade Lisa.

-Ja visst. Vid det här laget måste de ha hört vad som hänt på nyheterna, så vi behöver nog inte oroa oss för att det var Leila som skjutits, svarade Scotten.

-Vem ringde du förut förresten? undrade Lisa medan hon plockade fram grönsakerna från svalen.

-Jag hade missat ett samtal, men när jag ringde tillbaka så var det ingen som svarade. Ska vi ta öl eller vin till maten, tycker du? frågade Scotten.

-Vi kan väl ta fram lite av varje så får de välja. Själv dricker jag nog alkoholfritt, för jag var lite illamående i morse, svarade Lisa.

-Det var jag med, men jag tror att det var kines-krubbet som satte buken i gungning. Jag och Ludvig ska dela på en flaska whiskey ikväll, och det tror jag kan få mig att må som folk igen, svarade Scotten och skrattade.

-Ja det låter ju verkligen logiskt. Då är det väl bra att du har dina kryckor att stödja dig med. Tänk bara på att du inte får dricka sprit om du tagit värktabletter, fortsatte Lisa säga medan hon smorde en ugnsform.

-Jag vet att man inte ska blanda, så därför har jag inte tagit några morfintabletter idag, svarade han samtidigt som han tog fram en flaska vin från kylen för att läsa på den vilken serveringstemperatur som föreslogs.

-Jösses, kommer de redan, sade du inte till dem att de kunde komma efter ett? frågade Lisa.

-Jag är lite osäker på vad jag sa för tid, men det spelar väl ingen roll. Huvudsaken är ju att vi är hemma, svarade Scotten och ställde fram vinflaskan på bordet när han öppnat den.

-Ja det är skönt att det är dem vi har bjudit. Ebba brukar inte vara främmande för att hjälpa till i köket om inte allt är färdigt, sade Lisa medan hon torkade sig i pannan.

-Bra, då kan ni ordna i köket så kan Ludvig och jag ta en liten virrepinne i TV-soffan så länge.

-Ja det kan ni göra, men räkna med att ni får diska efter att vi ätit, svarade Lisa.

-Det kan vi säkert göra, det blev ju så när vi var på Mallorca sist, svarade Scotten och hoppade iväg på sina kryckor för att låsa upp ytterdörren.

-Ni får ursäkta, men när jag frågade Ludvig om han fixat något som vi kunde ta med hit när vi kom, så svarade han ja. Jag tänkte att då har han väl köpt en bukett blommor eller en chokladkartong, men så var inte fallet. I trappan upp hit fick jag vet att han tagit med en plastflaska fylld med sprit! Det är ju så att jag skäms, sade Ebba.

-Det var väl det absolut bästa ni kunde ta med er! Är du snäll syrran så kanske Ludvig bjuder dig på ett glas, svarade Scotten och skrattade.

-Jag står gärna över för jag tycker whiskey är för starkt. Du som är min bror borde väl komma ihåg att jag helst dricker vin, svarade Ebba.

-Det vet jag mycket väl om att du gör, så därför har jag ställt fram en flaska på bordet som du kan pimpla i dig! sade Scotten.

-Lyssna inte på Scotten för han är invalid och pratar bara en massa smörja! Kom ut i köket istället Ebba, så kan killarna gå in i vardagsrummet, ropade Lisa från köket.

- - - - -

-Jag tror vi ger oss nu, Jag har svårt att tänka konstruktivt, inte minst med tanke på det tråkiga beskedet sjukhuset ringde och berättade nyss, sade Jesper.

-Usch så hemskt, att de inte kunde rädda Gröön. Hade han familj eller var han ensam? frågade Leila.

-De skildes i våras och vad jag kan minnas så har de två eller tre barn tillsammans. Vad jag hört så har han varit ganska våghalsig sedan dess, precis som om han inte brydde sig om att han utsatte sig för för en massa onödiga risker. Han kanske inte tyckte livet var så värst mycket att ha efter seperationen, spekulerade Jesper.

-Det lät tråkigt men det kanske lätt blir så efter en livskris, svarade Leila.

-Jo, så är det nog. Nu får vi i vart fall se till att samla krafter till i morgon. Förhoppningsvis blir det inget extraordinärt som händer tills dess, utan att vi får vila ifred, sade Jesper och höll upp dörren.

-Nej det får vi verkligen hoppas. Jag hoppas att jag inte somnar när jag går hem, för då vet jag inte var jag hamnar, svarade Leila och jäspade stort.

-Klockan sju imorgon bitti ses vi, ha det så bra tills dess, sade Jesper och cyklade iväg.

-Visst, hejdå, svarade Leila.

Bara efter några steg kände hon sig genast en aning piggare. Förmodligen för att det kändes ganska friskt i luften när hon kom ut efter att ha tillbringat drygt åtta timmar inne på kontoret framför datorn. Den råa luften mötte inget motstånd innan den österifrån vällde in mot staden. Det kändes som om det inte hade spelat någon roll hur mycket kläder man tagit på sig innan man lämnade inomhusvärmen, för man skulle säkert frysa ändå, tänkte Leila. Att vintern snart skulle koppla ett obarmhärtigt grepp om Nyköping rådde det ingen tvekan om. Någon sensation skulle det knappast vara förknippat med heller för den delen, för det var ju bara några dagar kvar på oktober.

Plötsligt kände sig Leila illa till mods över att hon gick och gnällde över vädret, som ju till råga på allt var fullt naturligt så här års. Hennes kollega hade säkert inte ens hunnit svalna helt, efter att en galning släckt hans liv innan han ens hunnit fylla fyrtiofyra år. Inom sig skämdes hon för att hon inte kände mer sorg över att han mördats, men försvarade sig med att hon knappast lärt känna honom. Obehagliga tankar dök upp i Leilas hjärna, som sade att det inte var säkert att någon skulle sakna henne heller speciellt mycket, om något liknande inträffade henne själv. Möjligtvis att det skulle vara några stycken i den här fasen i livet när hon blivit tillsammans med Petter och fått god kontakt med sin bror. Men om man gick fram tjugo år kanske bilden såg helt annorlunda ut. Rent statistiskt var både polis och journalist yrken i topp bland de som drabbades av skilsmässor. Vad som talade för att deras förhållande skulle bli annorlunda när övertid, tristess och annat skit satte in, visste hon inte. Sedan fanns knappt ingen kvar. Utan att ha något minne av att hon ens kommit hem, upptäckte hon att hon lagt sig halvt avklädd ovanpå överkastet. Helt utmattad av trötthet kände hon sig oförmögen att ta av sig mer och krypa ner under täcket, utan blev istället liggande som hon var.

-Jag måste få sova nu, sluddrade hon för sig själv innan hon några andetag senare somnade.

- - - - -

-Du brukar vilja ha några isbitar i din whiskey, är det inte så? frågade Ludvig.

-Ja tack, det tar jag gärna för jag får lätt sådan jäkla halsbränna annars, svarade Scotten och gick till köket för att hämta ett par glas och en skål med is.

-Det var så himla otäckt att en polis blev mördad inatt i lilla Nyköping, sade Ludvig när Scotten kom tillbaka.

-Ja fy tusan. Ska jag vara ärlig så blev vi väldigt oroliga för att det var din syster Leila som träffats, men jag vet att du sade att hon jobbade dag den närmaste tiden,

svarade Scotten och ställde ner glasen på soffbordet.
-Hon blev visst inringd och är med om att försöka lösa
fallet. Det låg ju två personer till där som dött
omedelbart, sade Ludvig och hällde upp.
-Hur tar hon det då? Jag menar, det måste väl vara
ganska påfrestande att se mördade människor. Det
räcker ju att se någon gamling som dött naturligt för att
man ska tycka att det är läskigt, fortsatte Scotten.
-Jag vet inte hur hon upplevde det, men jag tror att man
blir härdad ganska snabbt, svarade Ludvig.
-Har du berättat för Ebba än att du vill bli snut, eller har
du kanske ändrat dig efter det här? undrade Scotten och
smakade på whiskeyn som smakade förträffligt nu när
isen smält lite och gjort den starka smaken något lenare.
Flaskan Ludvig haft med sig var inte en av de rökigaste
sorterna, utan en i hans tycke helt perfekt.
-Jag har inte sagt något än och det får nog vänta ett tag
till, så att det blir ett mer passande tillfälle. På något sätt
har faktiskt suget efter att söka polisskolan ökat i och
med det här. Inte så att jag önskar att bli ihjälskjuten,
utan för att jag tycker brott är jäkligt intressanta, svarade
Ludvig.
-Jag tror att det är rätt av dig att göra allt för att
förverkliga dina drömmar att bli polis. Jag kan tänka mig
att Ebba kommer ha lite svårt för att acceptera det till en
början, mest för att hon är orolig för att det skall hända
dig något. Men så väl tror jag att jag känner min syster,
att jag är övertygad om att hon inte vill göra slut med dig
för det. Hon älskar dig så mycket och det väger tungt,
sade Scotten.
-Fasen, du skulle ju blivit predikant! Du talar ju till mig så

att jag snart börjar lipa! Det här håller inte, drick upp den där skvätten du har kvar så jag kan hälla upp ett fullt glas igen! Den här gången skiter vi i isen, för jag tror att den bidrar till att man blir så förbannat känslig, sade Ludvig med glansiga ögon.

-Du är inte klok, men det visste vi ju innan! Det är en annan sak jag måste berätta för dig som är ganska allvarlig. Innan ni kom, iakttog jag Assar Vladic i en vit skåpbil nere på gatan. Det var han jag såg i den stora knarkaffären på mitt jobb samma dag vi flög till Mallis. Våra blickar möttes där, och utan att riktigt tänka på konsekvenserna, så talade jag om för polisen att jag känt igen honom.

-Det låter ju inte så bra precis. I och med att han verkar förfölja dig, så kan man lätt dra slutsatsen att han vill att du ska ta tillbaka din anmälan, svarade Ludvig eftertänksamt.

-Men även om jag gör det, så är det ju ingen garanti för att han lämnar oss ifred. Aset verkar ju vara kapabel till vad som helst. Du skulle sett hur lägenheten såg ut efter att han varit här när vi kom hem från resan, fortsatte Scotten.

-Mellan raderna anar jag vad du menar när du säger som du gör. Nämligen att vi ska fimpa Assar, sade Ludvig tyst så att ingen annan i lägenheten skulle höra honom.

-Får jag möjlighet gör jag det gärna själv. Men problemet just nu är ju att jag är som en invalid, svarade Scotten viskande.

- - - - -

Kapitel 19

-Godmorgon Leila, jag har frukosten färdig! ropade Petter från köket.

-Morrn, tack så mycket! Jag kommer snart svarade hon medan hon med ett öga tittade efter vad klockan var.

-Du verkade helt utslagen när jag kom hem igår eftermiddag, så jag lät dig sova. Faktum är att jag inte hörde när du drog iväg till jobbet. Det måste varit grymt tidigt, eller hur? sade Petter undrande.

-Min chef ringde klockan ett på natten och fem minuter senare kom han förbi och hämtade mig. Sedan när jag kom hem mitt på dagen var jag helt slut, svarade Leila.

-Jag vet att klockan inte ens är sex på morgonen och att det är söndag, men när jag kollade i din kalender så såg jag att du börjar arbeta vid sju idag, fortsatte han.

-Ja, det var bra att du väckte mig för jag tror inte att jag satt något larm. Nu har jag ju sovit massor, så får jag lite god frukost och sedan en skön dusch på det, så är jag snart stridsduglig igen, svarade hon och tog plats vid det dukade köksbordet.

-Det har varit mycket att göra på redaktionen för oss med av samma orsaker som du har fått jobba extra. Otäckt det där, när det börjar skjutas på allmänna platser! Snart blir väl någon helt oskyldig dödad, sade Petter.

-Tyvärr har du nog rätt på den punkten, svarade Leila. Först tänkte hon nämnt något om den ohyggliga ammunitionen som hon redan haft mardrömmar om. Visserligen visste hon att hennes sambo aldrig skulle föra det vidare trots sitt yrke som journalist, för det hade han lovat. Men när hon såg alla härliga grejer som var framdukade till frukosten, så insåg hon hur kapitalt hennes beskrivningar om vad hon sett den gångna natten skulle förstöra måltiden.

-Jag var faktiskt inte riktigt säker på om du gillade engelsk frukost, men det syns på din tallrik att du gör det, sade Petter och log.

-Ojdå, jag kanske plockade på mig för mycket. Vill du att jag ska lägga tillbaka lite? frågade hon.

-Nej för tusan, behåll det! För mig är det bara trevligt att se att du tycker om det jag bjuder på. Själv har jag lite svårt för att stoppa i mig en massa på morgonen, för gör jag det blir jag ofta illamående, sade Petter.

-Det är så här dags man ska äta ordentligt, svarade Leila mellan tuggorna.

-Ja, jag vet att du har rätt i det. Förresten, tror du att du slutar jobba vid fyra idag, eller blir det senare? undrade Petter.

-Vad jag vet så borde det bli som planerat. Men som alltid så kan det ju ändras med kort varsel, svarade hon.

-Jo jag förstår. På det viset är det ju ganska stora likheter i våra yrken, men det är ju det som gör att man kanske trivs bra. Jag menar, varken du eller jag vet ju när vi börjar ett pass vad som kommer hända, förklarade han.

-Visst kan det vara en del spänning i det och arbetet är ju rejält omväxlande, svarade Leila. Samtidigt tänkte hon på att hon nyligen sagt till sin chef att hon tvivlade på om hon passade som polis.

-Vill du ha mer mat så kan jag grädda lite våfflor med,

sade Petter undrande.

-Nej det hinner jag inte, om jag ska duscha med innan jag cyklar till jobbet. Dessutom orkar jag inte jaga några bovar om jag är för mätt, svarade Leila och började duka av.

-Jag tog dessvärre inte fram någon matlåda från frysen igår till dig. Jag blev lite osäker på om du skulle äta ute, för jag har för mig att ni ofta gör det på söndagar, sade Petter när hon en stund senare kom ut från badrummet.

-Det var bra att du inte gjorde det, för det brukar bli att vi käkar buffè någonstans, svarade Leila medan hon fixade med frisyren.

-Jösses vad sexig du är när du är naken och ordnar med håret framför spegeln, sade Petter upphestat.

-Vad du ser för något erotiskt i det får du allt förklara för mig, kanske redan ikväll, för nu måste jag skynda mig om jag inte ska komma för sent. Dessutom håller jag på att bli tokig på den här jäkla kalufsen! Håret står ju åt alla håll, precis som på en gammal lejonhanne! sade hon.

-Jag tycker du är fin! Förresten köpte jag ingredienser igår för att göra räkmackor till lördagskvällen. Men det får du idag efter jobbet tillsammans med en kall öl, sade Petter.

-Låter underbart, då har jag något att se fram emot! Hejdå älskling, sade Leila efter att hon i rekordfart fått på sig alla kläder.

-Hejdå sötnos! var rädd om dig, sade Petter innan han låste dörren efter henne.

- - - - -

Scotten förvånades över att han blivit så grymt bakfull trots att han inte druckit speciellt mycket kvällen innan. Visst hade det blivit en del öl till maten och några drinkar efteråt, men inte mer. För att minska problemen, beslöt sig han och Ludvig för att ta några återställare på söndagsförmiddagen, för Ebba och han hade sovit över på en luftmadrass i TV-rummet.

-Jag är beredd att hjälpa dig, men det måste ske extremt snyggt. På något sätt måste vi få det att se ut som en olycka eller möjligen att någon helt annan person är skyldig. Samtidigt krävs det att vi har helt vattentäta alibin, sade Ludvig tyst men bestämt.

-Det är just det som är problemet, att inte misstänkas själva. Allra minst nu när du går i planer på att bli snut. Men jag vet att du kan tänka igenom sådant här och på så sätt säga hur det är bäst att vi går tillväga, sade Scotten.

-Det kan jag berätta för dig med en gång, att ett sådant här brott klarar man inte av att planlägga hastigt, utan det erfordras rejält med efterforskningar och förberedelser. Dessutom måste det finnas flera alternativa sätt att slutföra handlingen på och det gäller att kunna ta sig obemärkt från platsen, fortsatte Ludvig.

-Men rent spontant, hur tror du att det enklaste sättet är att bli av med Assar? frågade Scotten otåligt.

-Förgiftning är snabbt och effektivt, men det krävs ändå en massa grundarbete om vi inte vill hamna i fängelse. En sak till som behöver kontrolleras, är förstås om Assar har någon skyddsängel, fortsatte Ludvig.

-Hur menar du då? undrade Scotten.

-Om vi klipper typen, får ju ingen annan träda fram i

hans ställe och försöka att slutföra det han avbröts med, nämligen att döda dig, sade Ludvig samtidigt som han fyllde upp glasen med whiskey.

-Det har du ju rätt i, det har jag inte tänkt på, svarade Scotten eftertänksamt.

-Du ser, ju mer man forskar i operationen, desto mer upptäcker man hur komplext problemet är. Den kanske viktigaste frågan i det här läget är, om du kan leva med blod på dina händer resten av livet. Mycket skit har vi gjort tillsammans, men att döda någon med berått mod är något helt annat. Du ska ju helst kunna se Lisa i ögonen sedan och att då kanske få ljuga henne rakt upp i ansiktet, kan nog vara svårare än du kan ana, fortsatte Ludvig och tog en stor klunk.

-Det får väl bli en vit lögn jag får dra då, om hon nu frågar rent ut. Låter jag Assar få som han vill så är det kanske inte bara jag som mördas utan Lisa med, svarade Scotten.

-Jo det förstår jag men frågan kvarstår, kan du leva med att ha tagit livet av en människa? frågade Ludvig.

Scotten svarade inte utan höll bara fram sitt tomma glas för att få det påfyllt. Hans tankar var för tillfället helt låsta till det han gjort sig skyldig till tidigare i veckan, nämligen att ha dödat en tvåbarnspappa. Att tala om det för Ludvig kändes helt onödigt för det skulle inte ändra något. Om Ludvig frågade, hade han bestämt sig för att neka till att han dödat någon, ända tills han kom med bevis.

Lite förbryllad var ändå Scotten, över att han inte kände mer skuldkänslor för att han sparkat ihjäl en människa. Förklaringen låg förmodligen i att han hatat personen så djupt efter allt stryk han fått ta emot av honom, samt att det faktiskt var Scotten själv som höll på att mördas av mannen han till slut lyckats kicka till.

Här stod han nu tillsammans med sin bäste polare och botade sin bakfylla med mer sprit och mådde ganska hyggligt. Visst hade han rent fysiskt sett befunnit sig i bättre skick, men på det hela taget kunde han inte klaga på situationen. Livet går trots allt vidare ändå, tänkte Scotten.

-Nå, kan du tänka dig in i hur det skulle vara? frågade Ludvig igen.

-Livet går trots allt vidare ändå, svarade Scotten med blicken på sitt återigen tomma glas.

-Nu är snart brunchen färdig, hör jag att de säger ute i köket. Du får inte mer sprit innan vi ätit, för det tror jag inte att du tål, sade Ludvig och ställde ner deras glas på soffbordet.

-Det låter väldigt sunt. Mitt lilla problem får vi diskutera vidare när vi är helt för oss själva och ingen kan höra oss. Nu käkar vi och ser till att snacka om något annat istället, svarade Scotten och vinglade bort till köksbordet.

- - - - -

Leila var nöjd med att komma till jobbet lite innan hennes chef dök upp. Tack vare att hon fått på sig kläderna snabbt och haft en rejäl medvind när hon cyklade, så hade det blivit möjligt.

-Jäklar jag försov mig, det har aldrig hänt mig förr, sade Jesper när han störtade in på stationen fem minuter över sju.

-Godmorgon chefen! Visserligen gjorde du det, men

ingen kan väl säga något om en sådan liten förseelse, sade Leila och log.

-Jaså, det tror du inte? jag ger mig tusan på att det suttit ett knippe kärringar bakom sina köksgardiner och sett att jag trampat förbi som en besatt! De håller nog som bäst på att kolla upp med polismyndigheten vad jag har för arbetstider. Får de fram att jag skulle varit på jobbet klockan sju och såg att jag var fem minuter sen, så tar det hus i helvete!, sade Jesper irriterat.

-Menar du att det är så illa? frågade Leila.

-Ja det kan du ge dig på. I sådana lägen ses man som ett stort svin som inte sköter sitt jobb samtidigt som man förskingrar deras pengar som de betalat i skatt, fortsatte Jesper medan han torkade bort ett par svettdroppar som runnit ner från hårfästet i pannan.

-Det ligger säkert en hel del i det du säger. Förresten, jag har fått lite upplysningar om flyktbilen som den trolige förövaren använde när han lämnade Ekensberg efter dubbelmordet. En av våra kollegor sökte upp permobil-tanten med mopsen igår och visade bilder på olika fordonsmodeller. Hon var bergsäker på att det var en Fiat Ducato hon sett, sade Leila.

-Jaha, det var ju alltid något. Fanns det några sådana bland stulna fordon när du sökte? undrade Jesper.

-Nej tyvärr inte. Men i och med det, så får vi kontrollera vem som står som ägare till dem som är i trafik här i närheten. Oavsett om gärningsmannen bytt ut sina registreringsskyltar så hjälper det ju inte honom så mycket, fortsatte Leila.

-Visst hade det varit smidigt om vi haft med en riktig pappskalle att göra, men i mina öron låter det lite för bra för att vara sant. Utöka sökområdet bland stulna Fiat av den modellen till hela Sverige, sade hennes chef.

-Du menar att personen kan ha stulit en sådan i exempelvis Kiruna och sedan forslat hit den för att begå brott, eller?

-Det är nog inte otroligt om han hämtat den från ett angränsande land heller, sade Jesper.

Är fordonet dessutom försett med stulna nummerplåtar så lär vi behöva en hel del tur för att hitta honom, tillade Jesper.

-Visst kan det vara så som du säger, men det måste ju ändå vara en stor fördel att vi nu vet vad för modell han färdas i, svarade Leila.

-Det kan definitvt vara nyckeln till att vi får tag på honom, men jag tvivlar. Är personen en aning slipad så kanske han gjort sig av med Ducaton redan och åker i något annat, sade Jesper.

-Vi kanske ska titta på alla bilmodeller som stulits den senaste tiden i vårt närområde? för då borde vi väl finna honom, fortsatte Leila och började knappa på sin dator.

-Egentligen vet vi ju inte alls om han åker i någon stulen bil överhuvud taget. Han har ju helt klart haft något att vinna på att döda de här två personerna. Det kan mycket väl vara så att han genom att skjuta ihjäl dem helt plötsligt har så pass mycket pengar att han kan köpa i stort sett vad han vill, svarade Jesper.

-Okej, vad tycker du jag ska leta efter då? undrade Leila som kände att hennes chef för tillfället bara såg svårigheter i allt som hon föreslog.

-Kontrollera det du kom på själv, men lägg till en spaning över kända brottslingar som plötsligt gått och blivit ägare till något liknande fordon som permobiltanten såg, svarade Jesper.

-Ska jag börja med det nu, eller har du något annat på gång som vi ska göra? frågade Leila.

-Det låter som en bra idé om du tittar om du kan hitta något, åtminstone fram till frukost. Jag har en del dokumentation att syssla med, för det har rikspolischefen tvingat mig att göra, sade Jesper leende och startade sin dator.

Precis när han ett par timmar senare var färdig, ringde det på hans telefon. Efter att ha svarat ja några gånger samt tackat för upplysningarna, avslutades samtalet.

-Nu är det fikadags och jag är färdig med sökningarna du ville att jag skulle göra. Ska vi fika först, eller vill du höra vad jag funnit? frågade Leila.

-Vi kan ta lite kaffe och en macka först, så tar vi det andra sedan, svarade Jesper och reste sig upp.

-Jag kan inte begripa att jag redan är vrålhungrig, Petter bjöd mig på engelsk frukost idag, så jag borde kunnat stå mig hela dagen utan att äta mer, sade Leila medan hon tog fram sin smörgåsbox ur kylskåpet.

-Det vet jag inte om jag har någon bra förklaring på precis. Huvudsaken är väl ändå att du inte ökar en massa i vikt, får då kommer du ju aldrig kunna springa i fatt mig, svarade Jesper och skrattade.

-Jag vet att du kom fram först till flyktbilen häromdagen, och det lär jag väl få höra så länge jag lever, svarade Leila.

-Det kan du räkna med, svarade Jesper medan han tryckte fram en mugg kaffe.

-Hur ser resten av dagen ut, är det något speciellt som

är inplanerat? undarde Leila när hon ätit upp smörgåsarna och druckit ur sin kaffemugg.

-Vi går igenom vad du kommit fram till inne på mitt kontor plus att jag fick ett intressant telefonsamtal nyss. Efter det så åker vi till Ekensberg igen och finkammar området, svarade Jesper.

-Det har blivit sex Fiat Ducato stulna den senaste månaden i Sverige. Av dessa har två stycken hittats och följaktligen är det fyra kvar. När det gäller tidigare kända brottslingar som gjort intressanta bilaffärer under samma period så har jag inte sett något anmärkningsvärt, sade Leila.

-Då kan jag berätta att den troliga flyktbilen som dubbelmördaren använde, passerade södra vägtullen på väg till Stockholm igår vid middagstid. Jag antar att ett av de fordon som du fått fram som anmäld stulen har det här registreringsnumret, sade Jesper och gav Leila en lapp där han skrivit ner det.

-Jag ska kontrollera det direkt. Då är han kanske inte så smart ändå. Hade han velat göra det lite svårare för oss så hade han väl gjort sig av med Fiaten eller åtminstone bytt skyltar, sade Leila.

-Man kan tycka det, men är han kylig så räcker det ju om han gör det nu. Det känns som om vi trots allt letar efter en intelligent mördare som inte gör några misstag.

-Är det fastställt om han dödade Gröön också? frågade Leila.

-Nej, det skjutvapnet hade en av dem som fick sitt ansikte bortskjutet i handen, svarade Jesper och tittade med sorgsen blick ner i golvet.

- - - - -

# Kapitel 20

Scotten gick fram och kramade Lisa när Ludvig och Ebba dragit iväg hem till sig efter brunchen.

-Usch vilken hemsk andedräkt du har! det känns verkligen att du hinkat i dig en massa sprit, sade hon klagande när han ville kyssa henne.

-Jag kan gå och borsta tänderna direkt om du vill. Vad tycker du att vi ska göra i eftermiddag? undrade Scotten.

-Det finns ju en massa som vi borde få gjort, typ fixa kläder tills i morgon och kontrollera om vi har matlådor för hela veckan. Har vi inte det så får vi väl se till att laga ett knippe portioner, svarade Lisa.

-Helt otroligt hur fort en helg kan gå i alla fall. Just nu begriper jag inte att jag ville tillbaka till jobbet så snabbt, men det går ju inte att ändra på nu, sade Scotten samtidigt som det ringde på hans mobiltelefon.

-Vem är det? frågade Lisa medan hon styrde sina steg in mot deras sovrum för att bädda.

-Farbror Joakim, sade Scotten innan han tryckte på grön lur.

-Ville han något särskilt? undrade hon några minuter senare när hon var färdig.

-Han sade att de var i Nyköping på genomresa och ville veta om vi hade något speciellt för oss, eller om de kunde hälsa på en stund, svarade Scotten.

-Vad svarade du på det då? Jag menar, vi har väl inte så värst mycket att bjuda på, sade hon med en undrande blick.

-Louise skulle köpa med fikabröd, för de var visst ändå

tvungna att köpa blöjor till lille Jonathan.

-Vad kul det ska bli att träffa honom! han är väl snart tio månader, vet du om han kan gå än? frågade Lisa.

-Det har jag inte en aning om, men det får vi väl snart se. De har säkert med sig Henrik också, så det är väl tur att vi inte hunnit röja så mycket efter Ludvig och Ebba än, för han kan nog stöka till en hel del, fortsatte Scotten.

-Din farsa brukar väl inte vända till mer än någon annan och förresten, vad ska han med och göra? frågade Lisa.

-Farsgubben kommer inte, utan deras blodhund menar jag ju förstås, svarade Scotten och garvade.

-Ja visst ja, de heter Henrik båda två, sade Lisa och skrattade med.

En halvtimme senare ringde det på dörrklockan, precis samtidigt som kaffet var färdigt.

Det visade sig att Jonathan visserligen inte kunde gå än, men han ställde sig upp mot soffor och bord som han med lätthet krupit fram till. En favorit sysselsättning som han hade, var att dra i Henriks överflödsskinn, vilket gjorde att jycken såg ännu roligare ut.

-Är ni lediga i julhelgen får ni komma och hälsa på om ni vill, sade Louise.

-Det gör vi gärna, särkilt för att träffa Jonathan! svarade Lisa entusiastiskt.

-Jag behöver nog gå ut och rasta Henrik innan vi fortsätter upp till Stockholm. Ska du följa med ut till parken eller är det för jobbigt att gå med kryckorna? frågade Joakim.

-Det kunde vara skönt att hänga med, för jag har inte varit ute än idag, svarade Scotten och reste sig.

-Jag hörde av brorsan vad du varit med om, hoppas skiten är över nu så att det inte är någon som ger sig på er igen, sade Scott som han oftast kallades.

-Det är ju förstås inget man vet förrän efteråt. Men vad jag vet, så är det att den jag namngav för polisen för ett par veckor sedan, fortfarande är på fri fot. Det skulle inte förvåna mig, om Assar ligger bakom dödsskjutningarna igår natt i Ekensberg. Frågan är, om det nu var han, om han är intresserad av att knäppa mig med eller om han är nöjd nu, svarade Scotten.

-Men då tycker man väl att det borde vara lugnt nu. Assar kan ju inte skjuta alla, fortsatte Joakim Scott.

-Kanske, men det är inte säkert. Får jag se bilder på övriga som gjorde knark-affären på mitt jobbs bakgård, är det inte omöjligt att jag skulle känna igen dem. Det är nog det de är mest rädda för. I polisens register så är det ju ofta kartlagt vilka som umgås med vem. Därmed kan ju en hel liga bindas till slut även om de bara kunnat identifiera en av dem, fortsatte han.

-Jo jag vet att det är så. Tyvärr har jag inget bra råd till dig vad du bör göra. På något sätt måste du komma ifrån eländet. Visst kunde ni komma upp och bo hos oss ett tag, men som du förstår så är jag jäkligt orolig för att Louise och Jonathan ska bli indragna i något, sade Scott.

-Det kommer inte på fråga att jag riskerar livet på er! Det här måste lösas ändå, och jag hoppas verkligen att polisen kan gripa alla inblandade snarast, sade Scotten innan de tog sig tillbaka till lägenheten igen.

Lisa var så fäst vid Jonathan, att hon hade svårt för att släppa iväg honom.

-Behöver ni någon barnvakt framöver så får ni jättegärna höra av er! sade hon när hon till slut kände sig tvungen att lämna tillbaka den lille killen till Louise.

-Schysst, det kanske kan bli aktuellt framöver. Lite synd bara att det är nästan tio mil mellan oss, svarade hon innan de packade ihop och tackade för sig.

Scotten och Lisa vinkade från balkongen, när familjen Scott pressat in sig i sin lilla Nissan Micra för att åka hem.

-Vi gjorde visserligen en del matlådor häromdagen, men jag tror ändå att det är bra om vi kan göra några till innan det blir kväll, så får vi lite mer varierad kost, sade Lisa när de gick in igen.

-Jo det kan du nog ha rätt i, svarade Scotten samtidigt som han funderade på hur det skulle kännas att bli pappa någon gång i framtiden.

- - - - -

-Tror du att den Scotten anmälde för inblandning i knark-affären, Assar Vladic, ligger bakom dubbelmordet i Ekensberg? undrade Leila.

-Det är fullt möjligt och det kan till och med vara så att han dödat mannen vi hittade på grusvägen också, svarade Jesper.

-Ja, men tekniska hittar inga bevis som styrker det. Vi skulle verkligen behöva få tag på den där Assar eller åtminstone hitta Fiaten, för den kanske är fylld med spår, fortsatte Leila.

-Ja, men jag tror att vi måste ha en otrolig tur för att lyckas med det. I den undre världen har det säkert spridit sig att han likviderat två personer med ammunition som haft riktad sprängverkan. Du kan tänka

195

dig vilken effekt det har. Jag lovar, det är ingen som någonsin kommer våga att vittna mot honom i framtiden, för alla är livrädda, förklarade Jesper.

-Med andra ord så räknar du med att han ligger bakom påkörningen av Scotten för att han tjallat på honom, sade Leila.

-Troligtvis är det så. Scotten är stor och rejäl, men mot sådana vapen och kulor har han inget att sätta emot. Jag är tämligen säker på att Assar planerar att ta livet av Scotten om han står fast vid att vittna mot honom, sade Jesper.

-Men då måste vi ju ge honom beskydd om du misstänker att det är så! fortsatte hon.

-Du vet hur det är med våra resurser, de räcker aldrig till något sådant. Till allt elände blev vi ju av med Gröön också nu och även om vi får in en ersättare snart så dröjer det innan han är varm i kläderna. Men precis som du sade nyss så måste vi få tag på Vladic innan han ställer till med mer elände. Visserligen har det hittills bara varit bra för samhället med dem utrensningarna han gjort, för dem tre vi antar att han har mördat, har alla varit inblandade i ett flertal brott, fortsatte hennes chef.

-Har du någon plan hur vi ska hitta honom? undrade Leila.

-Jag tänkte att istället för att avdela personal för att dels spana efter Assar och några som beskyddar Scotten, så räcker det om vi inriktar oss på en av dem. Om vi är som en skugga efter Scotten så lär vi nog hitta Assar i närheten snart, sade Jesper och log.

-Ja det låter väldigt logiskt och smart. Tycker du att vi

ska tala om för Scotten att vi gör så här? frågade Leila.

-Nej, det har vi inget att vinna på. Personligen tror jag att han har varit med så mycket i den här branschen att han ändå vet att vi kanske gör så här, svarade Jesper.

-Har du förresten hört något från Södertäljepolisen om de lyckats gripa rånarna som sprängde samma uttagsautomat här i Nyköping två gånger? undrade Leila.

-Jag pratade med dem förut, men de har inte gjort några gripanden. Vi fick ju bekräftat att en var kusin till den du körde ihjäl, vilket har gjort att de har namnet på en av gärningsmännen som utförde rånet och sedan kidnappade dig och flickan Esther. De sade vidare att en av dem förmodligen är den beryktade Oxen, som lyckades fly för en tid sedan. Alla är livsfarliga för polisen och därför går man varsamt fram för att inte bli massakrerade själva, berättade Jesper.

-Jag hoppas bara att de låter mig och Petter vara ifred i fortsättningen. Ett par nätter efter att någon sköt in i vår lägenhet så bodde vi hemma hos lillbrorsan, men nu har vi flyttat hem igen. Det är ju så jäkla jobbigt att gå och vara livrädd hela tiden, sade Leila.

-Jag kan ana att du känner så för jag har sett att du alltid bär skottsäker väst på dig sedan det hände. Våra kollegor i Södertälje trodde inte att de skulle ge sig på dig fler gånger. Mönster de sett från tidigare liknande händelser talade för att de låter dig vara. På något sätt respekterar de dig för att du var smart och därmed lyckats överleva deras attentat, svarade Jesper.

-Man kan ju alltid hoppas att det stämmer, svarade Leila och suckade.

-Har Esthers mamma hört av sig? Vad jag förstod så skulle tjejen få träffa en barnpsykolog samma dag vi kom från Stockholm, undrade Leila.

-Jag fick ett mail förut där hon skrev att Esther troligtvis inte skulle lida av händelsen i framtiden. Mamman och psykologen hälsade särskilt och tackade dig för att det hade gått så bra. Ditt lugn och din starka personlighet måste bidragit till att allt slutat lyckligt. Där fick du ett rejält kvitto på att du är en lysande polis, och får jag höra en gång till att du tvekar på det så kanske jag burar in dig, sade hennes chef och log.

-Det var trevligt att höra, men jag är väl som många andra, att jag har svårt att ta till mig positiv kritik, svarade Leila samtidigt som hennes kinder började rodna för hon tyckte att allt kändes så genant.

-Nu är det dags för lunchbuffè, jag bjuder! utbrast Jesper och slog ihop sina händer.

-Jaha tack, men det behöver du väl inte. Då kan väl jag få betala nästa gång vi äter ute, svarade Leila.

-Det kan du absolut få göra och det förväntar jag mig! svarade Jesper och garvade.

- - - - -

Min chef kommer och hämtar mig vid kvart i sju i morgon bitti. Tycker du att jag ska erbjuda mig att betala för att han skjutsar mig? frågade Scotten.

-Först tänkte jag svara ja på din fråga, men om jag inte missminner mig så bor han väl så till att det egentligen inte blir någon direkt omväg för honom att hämta dig. Du får väl känna efter lite hur han verkar, svarade Lisa medan hon gav Knasen en burk Whiskas.

-Jag kanske kan ge honom något efter ett tag med, det

är ju inte nödvändigt att han får ersättning första dagen, resonerade Scotten.

-Visst, det går säkert bra. Skulle någon annan skjutsa hem dig efter jobbet? undrade Lisa.

-Det senaste jag hört, är att jag får åka med bossen både dit och hem. Är nog bäst att jag sätter dubbla väckarklockor som ringer halvsex, för jag vill inte försova mig, sade Scotten.

-Det går bra att ta min, men då får du komma ihåg att väcka mig innan du går så inte jag kommer för sent till mitt jobb. Vad hade Ludvig för hemligheter att berätta för dig förresten? Jag märkte så väl att han sänkte rösten för att vi inte skulle höra vad ni sade, undrade Lisa och log.

-Det tänkte jag inte på att han gjorde. Vad jag kan minnas så var det mest killsnack om smink och kläder, svarade han.

-Ha, det märks så väl på dig när du säger något som inte stämmer, men du är snygg då med, sade Lisa och kramade om honom.

Scotten kramade tillbaka, samtidigt som han försökte slappna av och verka oberörd. Han ville för allt i världen inte visa att det låg en hel del i hennes misstankar att han drog en nödlögn ibland.

-Ludvig berättade för mig att han var lite sugen på att byta jobb. Han trodde inte att reparationer av hemelektronik var något framtidsyrke, sade Scotten.

-Jaså, ja det är nog möjligt att han har rätt i det. På samma gång så är det ju lite tråkigt när det går åt det hållet, att allt ska slängas när det går sönder istället för att lagas, svarade Lisa och suckade.

199

-Han har väl sett att det inte är så vidare lönsamt tyvärr, men så länge han har fast lön som Stefans fru pumpar in så är det väl lugnt. Det är troligtvis bara en tidsfråga innan hon kräver att han tar över verksamheten eller att den läggs ner, fortsatte han.

-Har han berättat vad han vill syssla med i stället? undrade Lisa.

-Jag tror inte att han har bestämt sig riktigt för vad han vill göra. Framför allt ville han inte att det skulle komma ut att firman går knackigt. Sprids det så är han orolig för att det blir ännu mindre inkomster, fortsatte Scotten.

-Jag tänker inte säga det till någon, svarade Lisa.

-Det är bra det, för jag var tydligen den förste han berättade det för. Inte ens Ebba vet något än och det kan ju bli lite pinsamt om det kommer fram att vi kände till hans planer före henne, svarade Scotten medan han försökte gå utan kryckor.

- - - - -

# Kapitel 21

-Det här stället gillar jag, för här är det aldrig precis fullt med folk och dessutom serverar de alltid svensk husmanskost, sade Jesper medan han sträckte fram en matbricka till Leila.

-Jag tycker också att det är bra. Visst finns det alltid någon traditionell maträtt här, men även något mer exotiskt om man är sugen på det, svarade hon.

-Enda nackdelen är väl möjligen att man lätt plockar på sig för mycket och därmed har svårt för att komma i byxorna sedan, fortsatte Jesper och skrattade.

-Ja, det är ju en ganska stor risk för det. Det är tur att vi inte går hit så ofta, svarade Leila medan hon fyllde en assiett med olika sallader.

-Jag såg en artikel om vårt arbete på nättidningen i morse som inte var så upplyftande precis. Det var chefredaktören själv som tyckt till och inte din pojkvän Petter, sade Jesper när de satt sig vid ett fönsterbord.

-Den har jag inte läst, vad stod det i den? undrade Leila.

-Det stod inte rent ut att polisen i Nyköping var inkompetent som inte lyckats gripa rånarna än, men andemeningen var helt klart den. Artikeln var skriven på ett lite sarkastiskt och elakt sätt, så jag har god lust att bemöta den, fortsatte Jesper.

-Hur menade han att vi inte skött vårt arbete, jag menar att det är väl inte alla gripanden som sker på en gång? undrade Leila.

-Det han hade mest roligt åt var att det skett två rån mot samma uttagsautomat och att det vid båda tillfällena hade varit stora belopp i dem. Han påstod att vi borde legat steget före och lyckats haffa dem åtminstone vid det andra råntillfället. Faktum är att vi informerades ju inte ens om när den skulle öppnas igen efter första rånet, sade hennes chef.

-Tror du att vi ens fått reda på när den skulle tas i drift igen, om vi frågat banken? undrade Leila.

-Jag är inte så säker på det, men det är möjligt. Det har ju inte inträffat något liknande här, så frågan har väl aldrig tidigare känts aktuell, svarade Jesper.

-Det var märkligt ändå att de lyckades spränga precis när det var som mest pengar i. Man undrar om de har någon som talat om det för dem, sade Leila.

-Jag har tänkt på det också. Vi borde nog kolla upp lite närmare om det är personal på banken eller värdetransport-firman som är inblandade. Du kan se om någon anställd är med i våra register tidigare, så ordnar jag fram tillstånd när det gäller viss datatrafik, sade Jesper.

-Ja, det låter som en god idè. Ska vi ta vägen förbi Scotten när vi åker tillbaka till stationen? undrade Leila när hon hämtat påfyllning.

-Visst, det gör vi. Det skulle inte förvåna mig om det står en vit skåpbil i närheten där, svarade Jesper och log.

-Om inte gärningsmannen har bytt till en svart, sade Leila och skrattade.

-Den där Assar är förmodligen för enkelspårig för det. Rapporter jag läst om typen beskriver honom som en arrogant och självsäker individ, sade hennes chef och lade ifrån sig besticken.

-Du menar att han kanske står där med samma fordon

igen, på riktigt? sade Leila undrande.

-Som sagt, det skulle inte alls förvåna mig. Har du ätit färdigt så vi kan åka? frågade Jesper.

-Nej för tusan, jag har inte fått någon efterrätt än! Det är ju du som bjuder och då tänker jag passa på, svarade Leila och garvade.

-Ha, ja gör du det! Tänk bara på att du förmodligen kommer få väldigt svårt för att springa i fatt mig i framtiden! Men du kanske planerar att göra det i någon lång nedförsbacke för att lyckas, svarade Jesper kiknande av skratt.

-Jag har just lovat mig själv att jag ska ut och ta en rejäl löprunda ikväll, så jag ska allt hålla mig i form. Det enda som kan komma emellan, är om jag känner mig för mätt efter jobbet, då får det väl bli en annan dag, svarade Leila medan hon delade den friterade bananen med sin sked.

- - - - -

-Godmorgon Scotten! var det första han hörde inifrån bilen när han blev upphämtad på måndagsmorgonen.

-Morrn bossen, eller chefen menar jag, svarade han och tänkte att den här morgonen började ju lysande.

-Jag har funderat lite i helgen på var jag behöver dig mest. Det jag kom fram till, var att du får placera ditt arsle på en pall med hjul vid den stora svarven och sköta den tills du blivit bra i knäet, sade han medan Scotten försökte få sina kryckor utanför sitt säkerhetsbälte.

-Det går alla tiders, då kan jag upp och stå lite när jag känner att det behövs, svarade Scotten.

-Jag kom att tänka på, den där typen du såg på

bakgården och som höll på med knark, tror du han söker
upp dig för att du vittnar mot honom? frågade bossen.
-Det vet jag inte om han gör. Förhoppningsvis får polisen
tag på honom snart. Jag har hört att det gått ut ett
rikslarm för att få tag på Assar Vladic, svarade Scotten.
-Det kan ändå vara lika bra att de anställda får veta att
ett as kanske är ute efter dig. Du kommer arbeta längst
in i verkstaden, så Assar måste ju förbi sex män innan
han kommer fram till dig. Du får lämna en beskrivning på
hur han ser ut så vi vet, fortsatte han.
-Ja, det kan jag göra nu på morgonmötet om det passar.
Det känns ju genast tryggare för mig, för trots allt så
förekommer det ju att det klampar in folk där som inte
har där att göra. Oftast vill de till kontoret och träffa dig,
men ibland vill de inte säga vad de gör där, svarade
Scotten.
-Jag har också märkt att det är en del löst folk som
börjat springa i våra lokaler. Förra veckan när du var
borta, så blev två anställda av med sina mobiltelefoner.
De hade förvarat dem i sina olåsta omklädningsskåp,
berättade han.
-Det var riktigt illa. Vet ni vilka det kan ha varit, Jag
menar, var det ingen som såg någon? frågade Scotten.
-Nej, det var ingen som kunde erinra sig om att det varit
någon obehörig där. Det i sig har haft som följd att några
gubbar misstänker att det är en bland de anställda som
snott dem! fortsatte hans chef.
-Skönt att ingen kan tro att det är jag i alla fall, för jag var
ju sjukskriven när det hände, svarade Scotten.
-Det är ingen garanti för att slippa bli misstänkt, jag
hörde många namn räknas upp när jag tjuvlyssnade på

dem vid fredagsfikat, däribland ditt, berättade han.

-Det här är ju för jäkligt! kan du tala om för mig vem som kommer med sådana falska anklagelser? undrade Scotten.

-Nej det tänker jag inte göra, för jag tror bara att det blir värre om jag säger vilka det var. Stölden är polisanmäld och de har varit och letat spår efter okända fingeravtryck med mera redan, sade chefen.

-Det skulle inte förvåna mig om det antingen är försäkringsbedrägeri eller att de förlagt sina telefoner någonstans, sade Scotten.

-Vad menar du med det första du sade, jag förstår inte riktigt? undrade bossen.

-Har de en skaplig försäkring som ger dem en splitter ny telefon om den gamla blir stulen, så kan det säkert vara lockande för vissa. Sådant händer ofta, särskilt när det är en ny modell på väg ut på marknaden, förklarade Scotten.

-Så kan det givetvis också vara, det har jag inte tänkt på tidigare, sade han.

-Vi får verkligen hoppas att det kommer fram vad som skett snarast, annars kan det ju riskera att bli hur stort som helst, sade Scotten.

-Definitivt är det så. Igår fick jag en tanke att jag helt enkelt skulle köpa dem som blivit bestulna varsin ny telefon för att få allt i världen. Faran med det är förstås att det kommer fler och vill ha en ny av mig, fortsatte chefen.

-Frågar du mig så tycker jag inte att du ska ersätta dem. Lite får de ju skylla sig själva att de inte hade hänglås på sina skåp, för det har du ju sagt till alla anställda att ha.

Som du befarar så är risken stor att det hela eskalerar om du börjar ersätta dem, svarade Scotten medan han knäppte upp sitt säkerhetsbälte för att kliva ur bilen.

-Jag har hört din åsikt och avvaktar kanske den här veckan ut för att se om polisutredningen leder fram till något, förhoppningsvis gör den väl det. På något sätt måste det här lämnas åt historien sedan, för det är inte bra för företaget om alla tittar snett på varandra, förklarade chefen och stängde av motorn.

-Den enda tips jag kan ge dig är att be polisen kontrollera om försäkringsbolagen har fått in stöldanmälningar på utgående telefoner eller någon som kanske inte är nöjd med sitt abonnemang. Det kan också ligga till så, att de nyligen skaffat nya mobiltelefoner som de nu säljer på blocket för att få ut en ny till och använda den istället, tipsade Scotten.

-Ja det låter som en god idè, det ska jag ordna med under förmiddagen, sade chefen och låste upp dörren så att Scotten kunde hoppa in på sina kryckor.

- - - - -

-Jäkla typiskt, enda morgonen på hela veckan som vi inte jobbar, så har vi glömt att stänga av larmet! sade Leila förargat.

-Ja, det var ju inte så bra förstås. Men det spelar väl inte så stor roll egentligen, vi kan ju ta lite frukost och sedan gå och lägga oss igen, föreslog Petter och gäspade.

-Jag vet att du har rätt, men det är bara det att går vi till sängs igen så kommer jag bara tänka på vad jag borde få gjort istället för att ligga och dra mig, svarade Leila.

-Nu föreslår jag att vi går på min linje. Jag går och fixar en riktigt god frukost och sedan ropar jag på dig när den är färdig, sade Petter och såg hemlighetsfull ut.

-Jaha okej, men vad händer sedan då? undrade Leila otåligt.

-Jag hade en sådan härlig dröm inatt och när jag vaknade så kom jag fram till att den nog är genomförbar. Det beror på vad du tycker förstås, men det får vi se om en stund, fortsatte Petter medan han var på väg ut till köket.

-Kan du inte säga vad det är du har tänkt på? frågade Leila.

-Det kan jag berätta när vi käkar frukost. Hoppas du inte somnar om nu, för då missar du kanske något, ropade Petter medan han rotade runt i kylskåpet.

-Jag tar en dusch så länge, sade Leila och steg upp. Det kan du göra om du vill, för jag behöver nog tjugo minuter tills allt är färdigt, svarade Petter.

-Nu får du säga vad det är på gång, sade Leila ivrigt när hon kom från badrummet.

-Okej då, du har ju lika mycket tålamod som en fyra-åring så jag säger väl det då! Jag tänkte nämligen föreslå att vi gifter oss vid nyår utomlands någonstans, fortsatte Petter med en vädjande blick.

-Jösses, tänk att du står och friar till mig klockan sex en måndagsmorgon! Jag tycker det låter som en jättebra idè, svarade Leila och gick fram och kramade Petter.

-Jag älskar dig, sade Petter och kysste henne.

- - - - -

-Jag vill bara upplysa alla om att jag kanske har en typ som förföljer mig. Jag har en bild från hans Facebooksida på honom som ni kan se på min telefon här, sade Scotten till alla som var i fikarummet på

Allsvets AB.

-Är han beväpnad? frågade en av hans arbetskamrater.

-Det är möjligt. Schysst om ni ser till så att det är låst överallt under arbetstid. Om någon vill in får ni väl fråga först vem det är innan ni öppnar, fortsatte Scotten.

-Polisen har prioriterat sökandet efter personen, så det rör sig nog bara om några dagar som det här är aktuellt, tillade hans chef.

-Sedan är det en grej till. Någon av er anklagar mig för att jag har varit här och stulit ett par mobiltelefoner. Är det någon som menar allvar med det påståendet vill jag att han träder fram nu, sade Scotten med skärpa i rösten.

-Det är även det en sak som jag hoppas löser sig med polisens hjälp de närmaste dagarna, inflikade bossen.

Utan ett ord gick alla tillbaka till sina arbetsuppgifter några minuter senare.

-Hur fungerar det att jobba? frågade Lisa när hon ringde honom vid lunch.

-Det går bra, för jag är stationerad vid samma maskin hela tiden. En klar fördel är också att jag antingen kan stå eller sitta när jag sköter den, svarade Scotten.

-Vad bra, och det löser sig med skjuts från arbetet när du slutar? frågade hon vidare.

-Ja, det blir bossen som kör då med. Kan hända att det drar över några minuter för han brukar vilja fixa lite med bokföringen, sade han.

-Skönt, då ses vi ikväll älskling, sade Lisa innan samtalet avslutades.

Scotten hajade till när han insåg att eftermiddagspasset hade gått så fort och att det redan var dags att stänga av svarven för dagen.

-Jag behöver några minuer på kontoret innan vi drar, berättade hans chef när han gick förbi.

-Det passar fint för jag måste blåsa av mig alla metallspån med tryckluft. De har satt sig överallt i mina arbetskläder, svarade Scotten och ställde sig upp med hjälp av sina kryckor.

-Ja det ser jag. Kom förbi kontoret när du är färdig, sade han och gick iväg.

Precis när Scotten skulle öppna bakdörren för att ta tryckluftslangen och blåsa av sig det mesta utomhus, fick han syn på något som rörde sig utanför. I det lilla smutsiga fönstret skymtade han en mansperson som verkade stå och passa på honom.

Plötsligt såg han att det var Assar som stod beredd att skjuta honom om han öppnade.

Sekunden senare hörde Scotten ett par bestämda knackningar på dörren.

Jag ska nog låta dig få känna på hur hård en brandsäker metalldörr är, tänkte Scotten och låste upp ljudlöst.

Direkt efter, vräkte sig Scotten med sina nittiofem kilo mot dörren så att den slungades upp fortare än den någonsin gjort tidigare. Assars högeraxel fick ta emot den värsta stöten, därefter kom hans huvud.

Smällen var tillräckligt kraftig för att få honom att kortvarigt svimma, vilket också varit väntat. Allra helst hade Scotten sett att Assar dött av träffen med dörren, men det hade troligtvis inte kunnat ske.

Snabbt tog Scotten fram sin stilett och satte den mot Assars hals för att slutföra sin gärning.

Precis när han med ett stick skulle skära av

209

halspulsådern, insåg han vad dådet skulle få för följder. Att det skulle bli livstids fängelse rådde knappast någon tvekan om, vilket inte alls var något som lockade. Den hemska känslan hade han nyligen upplevt efter att han misstänkts för ett dubbelmord vid Nyköpingsbro och det räckte.

Plötsligt fick Scotten en snilleblixt och stoppade på sig sin stilett igen.

Han mindes mycket väl vad han lärt sig från utbildningen vilka följder det kunde få om man blåste tryckluft rakt in i skinnet på en människa. Genom att böja sig in efter slangen så fick han tag på den och satte den mot halsen på Assar, exakt där han hade en tatuerad get.

Om Assar påträffades med luftembolism i sin hjärna eller hjärtat, borde det vara lättare för honom att gå fri än om han dödats med en stilett, som många i Scottens kretsar kände till att han hade.

Han var inte riktigt säker på om obducenter kunde fastställa dödsorsaken om den var orsakad av tryckluft, men hur som helst så borde Assar inte vara något problem för honom i framtiden.

Snabbt torkade han av platser som han visste att hans fingeravtryck kunde finnas på, innan han kontrollerade om Assar hade någon puls.

När han känt efter i femton sekunder utan att känna någon, såg han chefen släcka på kontoret.

Efter att ha hängt upp slangen, låst dörren och tagit av sig sina skyddskläder hoppade han med sina kryckor bort till chefen som just tagit fram nycklarna för att låsa.

-Då hämtar jag dig samma tid i morgon bitti, sade chefen när han släppte av Scotten utanför hans port.

-Det blir bra det, svarade Scotten samtidigt som han försökte se så naturlig ut som möjligt.

Inne i hans hjärna närmade det sig kokpunkten efter vad han gjort. Hur läget skulle se ut när Assar påträffades död utanför dörren följande dag, visste han inte. En aning osannolikt kanske, att han ramlat och slagit i sitt huvud när han stod och spanade in sitt blivande offer. Trots det så fanns väl ändå inget som var mer trovärdigt. Det fanns ju inget mordvapen och Scotten själv hade ju ett skapligt alibi som hans chef förmodligen skulle styrka. Med en bra advokat borde det inte bli någon påföljd alls, hoppades han.

Det största problemet han såg framför sig var det som Ludvig redan påtalat för honom, nämligen om han kunde leva med att vara en mördare. På sätt och vis var han i och för sig redan en det, efter att han sparkat ihjäl tvåbarnspappan. Då hade det dock skett mer som självförsvar och om personen dött av sparken eller av smällen när huvudet slog i plåtkanten inne i skåpbilen visste han inte.

Den här gången kändes det mycket värre för Scotten och han skulle för alltid komma ihåg hur det känts att pressa tryckluftsslangen mot huden på Assar, tänkte Scotten medan han väntade på att Lisa skulle komma hem.

-Hej älskling, jag blev så sugen på piroger när jag gick från jobbet, så jag kilade in och handlade det, sade Lisa när hon kom.

-Hej goding, jo det skulle smaka bra. Ska jag sätta på ugnen? frågade han.

-Ja gör gärna det, jag tror det ska vara tvåhundra

grader, svarade Lisa medan hon tog av sig ytterkläderna.

-Jag har funderat på en sak, sade hon mitt i måltiden och lade ifrån sig besticken. Jag känner en sådan lust att bli mamma. Jag har tänkt på det en del sista tiden och när jag fick hålla i Jonathan igår så kände jag att det är något som jag är säker på att jag vill, sade hon.

-Jaha, det skulle nog vara underbart, det enda är att jag inte vet om jag skulle klara av att bli pappa, svarade Scotten förvånat.

-Du ser så snopen ut, vill du inte? undrade Lisa.

-Jo, det är klart att jag gör. Jag var bara helt oförberedd på frågan, svarade Scotten.

-Det är bara en grej som jag funderar på som kan spela in om vi ska försöka få barn nu. Det är vad du tänker göra om Assar kommer i din väg? Jag menar, skulle du exempelvis kunna tänka dig att döda honom så att ditt barn har en pappa som är en mördare? undrade Lisa och tittade på honom med allvarlig blick.

-Det skulle nog vara väldigt svårt att leva med att man har dödat en människa, svarade Scotten samtidigt som det ringde på hans mobiltelefon.

-Hej Ludvig, allt bra? frågade Scotten när han svarade.

-Visst, det är väl okej. Är du själv där så vi kan fortsätta prata om det du nämnde sist? frågade Ludvig.

-Det får vi nog ta en annan gång för ikväll passar det inte så bra. Förresten såg jag på recensionerna som den filmen fått, att den bara var halvbra. Schysst att du frågade i alla fall och ha det så bra! Vi kan höras, sade Scotten innan han tryckte på röd lur.

-Ville Ludvig gå på bio med dig? undrade Lisa.

-Ja, men jag var inte riktigt sugen på det ikväll.
Förresten så sade du nyss att du vill bli mamma och
varken du eller jag tror väl på storken, sade Scotten och
började skratta.

-Förvisso vill jag bli mamma, men tänk på att du har
gipset kvar, svarade hon och log.

-Det är fortfarande bara ena knäet som är skadat och
inget annat, svarade Scotten och böjde sig fram och
började kyssa henne.

- - - - -

Klockan var fyra på tisdagsmorgonen när det ringde på
Leilas telefon. Samtidigt som hon svarade satte hon sig
hastigt upp för hon anade att det var något akut.

-Kom till polisstationen blixtsnabbt, det har skett ett nytt
rån mot samma fördömda uttagsautomat! Griper vi dem
inte den här gången heller, så vet jag inte vad som
händer, vrålade hennes chef desperat.

-Jag skyndar mig så mycket jag kan! svarade Leila och
drog på sig sina kläder så fort hon kunde.

- - - - -

Scotten gjorde allt för att dölja sin nervositet när
arbetsskiftet drog igång på tisdagen. Lite före fikarasten
vid nio, upptäckte en kollega något utanför bakdörren
när han skulle slänga skräp.

-Det är en stor fläck med rödfärg här utanför, vet du vad
den kommer ifrån? frågade han.

-Inte en aning, men prova att spola bort färgen.
Förhoppningsvis är den vattenlöslig, svarade Scotten.
Inom sig tänkte han, att risken för att dö av att man fått
tryckluft innanför huden inte var hundraprocentig...

## Efterord

"SCOTTEN DEN VITA LÖGNEN" är den andra boken om Oskar "Scotten" Scott.

I den första boken, "SCOTTEN AKTERSEGLAD" fick vi följa honom från det att han avtjänade ett fängelsestraff och en tid framåt.

Erfarenheterna av vistelsen på kåken bidrog starkt till att han i fortsättningen för alltid vill leva ett liv i frihet och det med sin älskade Lisa.

Frågan är om det är en garanti att man får leva så om man bara är laglydig, eller om det fordras mer? Kanske det till och med är nödvändigt att undanhålla sanningen ibland för att det skall lyckas, eller?

De frågetecken som finns, kommer nog att rätas ut i nästa bok, nämligen den sista i trilogin!

Besök gärna min hemsida;
www.forfattarematsgustafsson.wordpress.com